蒼王と純白の子猫

秋山みち花

19208

目次

蒼王と純白の子猫　五
あとがき　二一九

口絵・本文イラスト／六芦かえで

†

陽珂《ようか》の大地は六角の形をしていると言う。

天地開闢《てんちかいびゃく》の折、天帝《てんてい》はその六角の大地に六つの国を築かれた。西に《白《はく》》、東に《黒《こく》》を置き、北西は《碧《へき》》、北東に《蒼《そう》》、そして南西が《黄《おう》》、南東に《紅《こう》》の六国である。

これら《陽珂六国》と呼ばれる国々には、天帝から遣《つか》わされた守護聖獣《せいじゅう》によって守られし王が立ち、たいそう栄《さか》えていたと言う。

美しく長い被毛《ひもう》を持つ優美な獣《けもの》が、大きな翼《つばさ》を広げて陽珂の空を力強く飛翔《ひしょう》する。人々は優《ゆう》雅《が》に舞《ま》うその姿を見かけるたびに、自分たちの国が栄えていることを喜び合った。

だが、それも昔の話――。

長い時を経る間に、守護聖獣はこの世から姿を消してしまい、六国の間ではしだいに争いが起きるようになった。

そして今、陽珂の大地は三つの大国で占《し》められている。

最初に滅《ほろ》びたのは《黄》で、《黒》に侵略《しんりゃく》された《紅》がそれに続いた。《黄》を併呑《へいどん》した《白》は北方へも勢力を伸《の》ばし、《碧》の約半分が帰属した。東の《黒》も北方への侵略を開始して、その勢いに押された《蒼》は、失った領土の代わりを《碧》に求めた。そうして《碧》という国も消滅《しょうめつ》してしまったのだ。

長く続いた戦乱で、肥沃《ひよく》だった陽珂の大地は荒《あ》れ果てた。勝利したはずの大国といえども戦《せん》禍《か》から逃《のが》れることはできず、そこへ度重《たびかさ》なる悪天候が襲《おそ》いかかった。今や陽珂の大地に棲《す》む者の多くが疲弊《ひへい》し、困窮《こんきゅう》しているという有様だ。

三つの大国はそれぞれ立派な王が治めているが、王を守護する聖獣が消えて久しい。

古き時代には、守護聖獣に認められた者だけが玉座に即《つ》く資格を持つ。また、守護聖獣が王のそばに留《とど》まっている国だけが天帝の恩寵《おんちょう》を受けて栄える。そのような言い伝えもあったのだが、今ではそれを覚えている者すらほとんど残っていない。

かつて、この大地には王を守護する聖獣がいた。

人々がかすかに記憶《きおく》に留めているのは、その伝説だけだった。

†

一

乾《かわ》いた風が吹《ふ》き抜《ぬ》けるたびに、街道《かいどう》には黄色っぽい砂塵《さじん》が舞った。

ここ蒼国では、春には特に風が強くなり、晴れていても視界がぼやけることが多かった。

街道の両側には畑が続いているが、しばらく雨の恵《めぐ》みを得られなかったせいで、畑の土も乾ききっている。とうに種蒔《たねま》きの時季となっているのに、鍬《くわ》さえ入れず放置されている場所も多く見かけた。

黄砂《こうさ》が舞うなか、健気《けなげ》に花を咲《さ》かせているのは、ところどころに植えられた桃花《とうか》だけだ。

都を遠く離《はな》れた辺境の地ゆえか、街道には荷馬車すらとおっていない有様である。

その田舎道《いなかみち》をゆったりと徒《かち》で進む長身の男がいた。

名を蒼雷牙《そうらいが》といい、今年で三十になる美丈夫《びじょうふ》である。

黒革の胸当ては《蒼》の武人が好んで身につけるものだ。上衣は筒袖《つつそで》で下裳《かしょう》の裾《すそ》も膝《ひざ》を覆《おお》う程度と通常よりは短く、下に股《また》の割れた白の褌《こん》、足元も黒革《くろかわ》の長沓《ながくつ》という出《い》で立ちだった。髷《まげ》は結《ゆ》わず、黒髪《くろかみ》は後ろで簡単に束ねただけだが、重ね合わせた襟《えり》や帯、佩玉《はいぎょく》の飾《かざ》り紐《ひも》にはさりげなく銀糸が使われ、腰《こし》にも立派な拵《こしら》えの長剣《ちょうけん》を佩《は》いている。

他《ほか》に持ち物といえば、逞《たくま》しい肩《かた》に担《かつ》いだ麻袋《あさぶくろ》と革の水筒《すいとう》のみ。しかし雷牙は、男らしく整った容貌《ようぼう》で、恵まれた体軀《たいく》とも相まって遠くからでも人目を引いた。

天候不順で不作が続き、国中に野盗や山賊《さんぞく》が溢《あふ》れているが、雷牙の腰の長剣は飾り物ではない。腕に覚えもあるので、供も連れずに気儘《きまま》な一人旅だった。

街道を進んだ雷牙は、やがて小さな城市に到着した。城門に掲《かか》げられた扁額《へんがく》は、刻まれた文字が判別できないほどに煤《すす》け、巡らせた城壁《じょうへき》もところどころで崩れ落ちている。

城門をくぐり街へと入った雷牙は、あたりを見回して、ふうっとひとつ息をついた。

「どこも似たようなものだな……」

大通りを行き交《か》う人々は皆、疲れたような顔をしている。宿屋や茶楼《さろう》への人の出入りも疎《まば》らで、呼び込みの声も元気がない。

大通りに活気がないのはこの街だけに限らず、国中どこでも同じだ。

まだ陽《ひ》は高く、この街で泊まる必要はない。腹ごしらえをしたら次の城市まで足を伸ばすつもりで、雷牙は適当な茶楼を探した。

大通りから一本裏手に入ったところで、珍《めずら》しく清掃《せいそう》が行き届いた店を見つける。壁《かべ》の漆喰《しっくい》が剝《は》げ、朱色《しゅいろ》の柱も色が薄《うす》くなっているが、美味《うま》そうな煮込《にこ》み料理の匂いが漂《ただよ》ってくる。

店の横にある空き地では、五、六人の子供たちが何やら興奮した様子で大声を立てていた。

「さあ、捕《つか》まえたぞ！」

「そいつ、どうすんだよ？」

「面白《おもしろ》いから、髭《ひげ》を抜いてやろうか」

雷牙は何気なく子供たちへと目をやった。

口々に言い合っているのは、八歳から十歳ちょっとといった年齢の男の子たちだ。まだ肌寒《はだざむ》い季節だが、臑《すね》から下を剝き出しにして、継《つ》当てだらけの粗末《そまつ》な着物を着ている。

合間にミィミィと、か弱い鳴き声がして、雷牙は注意を引かれた。

一番年上らしい子供が何やら真っ白な固まりをつまみ上げている。四肢《しし》をバタバタさせて、なんとか逃れようとしているのは、純白の被毛を持つ子猫《こねこ》だった。

「いっそのこと、毛をむしって猫鍋《ねこなべ》にしてやるか」

「猫鍋って美味いのかぁ？」

「知らねぇよ、そんなもん。今まで食ったことないからな。だけど、もう俺、腹減って死にそうだもん。なんだっていいよ」

「猫鍋かぁ、母ちゃんに言ったら、作ってくれるかなぁ」

「馬鹿《ばか》。大人に言ったら、俺らの分け前が減るだろ」

「ええー、でも、どうやって作るんだよ？」

ミィミィ鳴いている憐《あわ》れな子猫を中心に、子供たちは不穏《ふおん》な相談を始めている。

ただの虐《いじ》めではない。本当に空《す》きっ腹を我慢《がまん》できないゆえに、皆が真剣《しんけん》な顔つきだ。

白い子猫は、自分の運命がわかっているかのように、必死に四肢をばたつかせている。

雷牙は見るに見かねて、子供に声をかけた。

「おい、まさかとは思うが、そいつを食う気か？」

「な、なんだよ。あんた、大人のくせに、俺らのもん横取りする気かよ？」

子供はたちまち警戒《けいかい》をあらわにし、利《き》かん気に雷牙を睨《にら》んできた。

「猫は美味くないぞ？」

「あんた、食ったことがあるのか？」

「いや、ないな。だけど、その猫、俺に譲《ゆず》る気はないか？　ただとは言わん。対価は払おう」

　雷牙はそう言いつつ、懐《ふところ》に手をやった。

　銭入れをつかみ、掌《てのひら》を仰向《あおむ》けにしていくつか銅銭を並べてみせると、子供たちはいっせいに息をのんだ。どこの街でも店屋では蒸《ふ》かした饅頭《まんじゅう》や餅《もち》を売っている。そこで皆が腹一杯《はらいっぱい》食べられるだけのお金だ。

「し、仕方ねぇな。それじゃ、こいつはあんたに売ってやるよ」

　年かさの子供はもったいをつけながらも、あっさり銅銭をつまみ上げた。そして、代わりに白い子猫を押しつけてくる。

「おい、行くぞ！　走れ！」

　子供はそう叫びざま、くるりと後ろを向いて一目散に走り出した。

　雷牙の気が変わって、手に入れた銅銭を返すはめになっては困る。ここはできるだけ早く逃げるに限る。ありありとそんな考えがわかるような走りっぷりだ。

「わっ、待って！」

　他の子供たちもいっせいに駆《か》け出して、雷牙は独りその場に取り残された。

「ミャウ……ミャウ……」

　掌にちょこんと乗った子猫は、ありがとうとでも言うように、嬉《うれ》しげな声を上げる。

雷牙は改めて、子猫の顔を覗《のぞ》き込んだ。

「怪我《けが》はないか？」

そう問いかけつつ、小さな身体《からだ》を調べてやる。

子猫は掌に収まってしまうぐらいの大きさだった。おそらく生まれてふた月も経《た》っていないだろう。珍しい純白の長毛種で、首筋の被毛《ひもう》がまるで鬣《たてがみ》のようにふさふさしていた。長い尻尾《しっぽ》を身体に沿わせているると、ふわふわの白い毛玉だ。

だが、よく注意して見てみると、耳の先と尻尾の先には、薄い灰色の毛も混じっていた。

雷牙は優《やさ》しい手つきで子猫の小さな背中を撫《な》でてやった。

「ミャウ」

「おまえ、ずいぶん変わった猫だな。それに、きれいな目をしている」

ふわふわの子猫は真っ青な宝玉のような瞳《ひとみ》を持っていた。大陸の南岸には青く煌《きら》めく海が広がっている。水底《みなそこ》深くまで透《す》きとおった、その美しい海の色に似ていた。

ふいっと首を傾《かし》げた様子は可愛《かわい》らしく、思わず頬《ほお》ずりしたくなる。

子供の頃《ころ》から小動物には弱いのだ。自分で飼うことは許されない環境《かんきょう》だったが、屋敷《やしき》の近所にいた猫や犬とはよく遊んでやったものだ。

頬にふわふわの毛が触《ふ》れると、じわりと愛《いと》しさが湧《わ》いてくる。

雷牙は精悍《せいかん》な面《おもて》に自然と笑《え》みを浮《う》かべた。

しかし、いつまでもそうして子猫をかまっているわけにはいかない。

「おまえ、親とはぐれたのか？　俺がしばらくここで見張っててやるから、さっきの子供たちには見つからないように家へ帰れ」

雷牙は子猫をそっと地面に下ろした。けれども子猫はいつまでもその場を離れようとしない。

「おい、もう家に帰ったほうがいいぞ？　それとも、ほんとに迷子にでもなったのか？」

雷牙は地面にしゃがみ込み、子猫の頭を優しく撫でた。

「ミャオ」

子猫は男の言葉を完全に理解しているかのように、可愛らしい声を出す。蒼《あお》い双眸《そうぼう》で懸命《けんめい》に雷牙を見上げ、何かを訴《うった》えかけている感じだ。

「おまえ、俺なんかに懐《なつ》いても仕方ないぞ。俺はこの街の者じゃない。旅の途中《とちゅう》なんだ。犬連れの旅人ならおかしくないだろうが、猫を連れて歩く者がいるとは聞いたことがない。だから、連れていくわけにはいかない。それにな、俺は子猫の世話などしたことがない。やり方もわからんのだ」

雷牙は懇切丁寧《こんせつていねい》に説明した。

この子が野良猫《のらねこ》だとしても、放っておけばいいだけだ。虐められていたのを助けてやっただけで充分《じゅうぶん》だろう。なのに、言い訳じみたことを口にするのは、子猫の愛らしい様に、雷牙自身が心を動かされてしまったからだ。

このまま懐に入れて、旅の供にするか……。

一瞬《いっしゅん》そんな気になりかけて、雷牙はゆっくり首を振った。

無骨一辺倒《いっぺんとう》の自分が連れ歩いても、ろくに世話はしてやれない。猫にはかえって迷惑《めいわく》な話だ。

「親がいないなら、俺と一緒《いっしょ》に来るか？　おまえを貰《もら》ってくれそうな者を見つけてやるから」

雷牙はそう声をかけながら、両手でそっと子猫を抱《だ》き上げた。

ところが子猫は不満げな声を上げる。

「ミャッ、ミャッ……フ――ッ」

小さな牙まで剝き出しにして、手の上でじたばた暴れ出した猫に、雷牙は眉をひそめた。

「おいおい、暴れるな。少し大人しくしてろ」

雷牙は子猫の首筋をそっとつかみ、胸当てをゆるめて懐へと落とし込んだ。

さすがの子猫もフニャアと情けない声を上げたが、そのあとはむしろ喜んでいるかのように、雷牙の胸に小さな頭を擦《こす》りつけてきた。やわらかな毛が肌に触れて、なんとも言えない心地だ。

この子を抱いたまま連れていきたくなるが、雷牙は辛《かろ》うじて衝動《しょうどう》を堪《こら》えた。

「とにかく腹ごしらえでもするか。こいつのことも、茶楼で頼《たの》んでみよう」

雷牙は子猫を懐に収めたまま、茶楼の中へと入っていった。

店内はさほど広くない。しかし、十ほどある卓子《たくし》は旅人らしい客で埋《う》まっていた。寂《さび》れた街ではろくなものにありつけないだろうと思っていたが、ここは当たりの店のようだ。

「いらっしゃいませ」

店の女将《おかみ》らしい女が声をかけてきて、雷牙はさっそく頼み事をした。

「すまん。猫連れだが、いいか？」

懐を寛《くつろ》げて白い子猫を見せると、三十絡《がら》みの女将の顔にぱっと笑みが広がる。

「まあ、可愛い子猫！」

「外には出さぬゆえ、一緒でいいか？　できればこいつにも何か食べさせたい」

他《ほか》の客の手前もあり、雷牙は遠慮《えんりょ》がちに言ってみた。

「いいですよ。ちょっと狭《せま》いですが、奥にも卓子がありますから、どうぞ」

「ありがたい」

あっさりと応じてくれた女将の案内で、雷牙は奥へと入った。

使用人や家族が使うための部屋なのだろう。卓子の他に棚《たな》や葛籠《つづら》が置かれ、雑然としている。

席についた雷牙は、美味そうな匂《にお》いの煮《に》込みと鶏肉《けいにく》の揚《あ》げ物、それと子猫にも食べさせるつもりで粥《かゆ》を注文した。

懐に収まった子猫は、可愛らしい顔だけをちょこんと覗かせ、ひたすら大人しくしている。

「おまえ、ずいぶん行儀《ぎょうぎ》がいいな」

人差し指で額を撫でてやると、子猫はミャゥと嬉しげな声を上げ、雷牙のほうを向きながら気持ちよさそうに目を細める。

ほんとに、こんな可愛い生き物は他にはいないだろう。このままでいると、本気で連れていきたくなってしまう。

けれども、さほど待つこともなく、女将が料理を運んでくる。

「この猫だが、この店の隣《となり》で拾った。近所で飼われている猫ではないか？」

「いいえ、こんな可愛い子、見たことがありません。真っ白な毛の親猫にも心当たりはないですね」

女将は卓子に料理の皿を並べつつ、首を左右に振る。

「そうか、そなたが見かけたことがないと言うなら、この子はやはり迷子か」

「今はどの家も食べていくだけで精一杯《せいいっぱい》です。いくら小さくても、猫の食い扶持《くぶち》までは……」

親切な女将は子猫用の取り皿まで並べ、部屋から下がっていく。

雷牙は小さな皿にほんの少しだけ粥を取り分け、懐からそっと子猫をつまみ出した。しかし子猫は粥には見向きもしない。

もしかして熱すぎたのかと思った雷牙は、息をフウフウ吹きかけて粥を冷ました。それでも子猫は粥を食べようとしないので、最後には指で直接粥をすくい取った。そうして小さな口元まで持っていくと、ようやく子猫が反応を示す。

チュウチュウ指に吸いつかれ、雷牙はまた心を動かされそうになった。

ちょうどその時、女将が再び顔を見せたので、未練を振り切って頼み事を口にする。

「女将、悪いが、この子の面倒、ここで見てやってくれないか」

「えっ、ここで、ですか？　でも、その子、お客さんにずいぶん懐いているようですけど」

「いや、俺は旅を続けなければならない。危険なことも多いので、連れてはゆけぬ。女将ならこの子を可愛がってくれよう。もちろん無償《むしょう》とは言わぬ。食い扶持ぐらいは置いていく」

雷牙はそう言っている間も、粥を指ですくって子猫に与《あた》える。

夢中で雷牙の指を舐《な》めている子猫を見て、女将は仕方なさそうにため息をついた。

「いいですよ、お引き受けしても……。でも、ひとつだけお願いがあります。いきなり置いていくと言われても困ります。それなりの準備をしようと思うので、明日の朝から、ということでいいですか？」

「明日の朝か……」

「よければ、今日はうちにお泊まりください」

「ここへ泊まれと？」

そう訊《たず》ね返すと、女将は深く頷《うなず》く。

何やら子細がありそうな様子だが、頼み事をしているのはこちらだ。それに急ぐ旅でもないので、雷牙は女将の言うとおり、この店に泊めてもらうことにした。

†

その夜、茶楼の二階で雷牙は可愛い子猫と一緒に眠りについた。

虐められていたのを助け、粥まで食べさせてやったので、子猫はすっかり雷牙に懐いている。可愛がれば可愛がるほど、別れがつらくなるのはわかっていたが、雷牙のほうも完全に子猫の可愛さにまいってしまった感じだ。

子猫を抱いていると、冷えた布団《ふとん》もぬくぬくと温かくなる。

久しぶりにまともな寝床《ねどこ》で身体を伸ばし、雷牙は大いに幸せな心地を味わいながら眠りについた。

あまりにも満足したお陰か、夜中には子猫が人の子になった夢まで見たほどだ。

雷牙は細く目を開け、隣に横たわった少年を見た。

ほっそりとした身体で、まるで女の子のようにきれいに整った顔をしている。

「……おまえ、どこから来たんだ？　どうして、俺と一緒に寝ている？」

夢の中でそんな問いを発してみたはいいが、眠気に負けて再び目を閉じる。

「…………」

男の子は何か答えたようだが、はっきりとは聞き取れなかった。

子猫の温《ぬく》みは頼《たよ》りなくて、今はもう感じられない。代わりにもっとしっかりした人肌の気持ちよさが間近にあって、雷牙はなかなか夢から抜《ぬ》け出せなかった。

そうして充分に睡眠《すいみん》を取ったあと、雷牙はすっきりとした目覚めを迎《むか》えた。

「ふう、久しぶりによく寝たな」

寝床で半身を起こし、思いきり両腕《りょううで》を伸ばす。

最初に捜したのは、もちろん可愛い子猫の姿だ。

「どこに行ったんだ？　まさか、俺が押し潰《つぶ》してしまったということはないよな。子猫は身体が柔《やわ》らかいんだ。たとえ俺が上から乗ったとしても、ちゃんと抜け出すだろう」

雷牙はかすかに不安に襲《おそ》われつつ、布団をめくって子猫を捜した。

しかし、可愛らしい姿はどこにも見つからない。

もしかしたら女将のところだろうかと、支度を終えた雷牙はさっそく階下に向かった。

「あら、おはようございます。よくお眠りになれましたか？」

女将はすでに店の仕込みに入っており、忙《せわ》しなく手を動かしながら明るい声をかけてくる。

「あの子猫、二階からいなくなったのだが」

「子猫？」

「ああ、昨日、貰《もら》ってくれるように頼んだ、あの白い子猫だ。姿が見えないから捜している」

「あの猫なら、先ほど出ていきましたけど」

「出ていっただと？　逃がした、ということか？」

雷牙は驚《おどろ》いて顔をしかめた。

女将は慌《あわ》てたように手を振る。

「いいえ、逃がしたわけではなく、自分から戸を開けてくれという感じでしたので……親猫が迎えに来たのかなと思いまして……」

女将の話を聞いて、雷牙はひどくがっかりした。

たったひと晩だったが、一緒にいて愛《いと》しさが湧《わ》いた。それなのに、別れも告げずに行ってしまったと聞いて、寂しさが募《つの》る。

「本当に親猫がいたのか？」

駄目《だめ》押《お》しで訊いたのは、まだ未練があったからだ。

だが、その時、店の戸が開いて、ひとりの子供がひょっこり顔を覗《のぞ》かせた。

年齢はせいぜい十四、五。あるいは十六ぐらいか。華奢《きゃしゃ》な体つきをしているせいもあって、ぱっと見ただけでは性別の判断を誤りそうなほど、可愛らしい顔立ちをした少年だった。

長い髪は、この国の者にしては珍《めずら》しく薄《うす》い色で、やや癖《くせ》がある。それを一部だけ結い上げて、あとは華奢な背中に垂らしていた。

少年はすっと雷牙のそばまでやって来て、ぺこりと頭を下げた。

「ぼくは花琳《かりん》と言います。あの……お願いがあるのですが……」

いきなり話しかけられて、雷牙は戸惑《とまど》った。

「お願いとは、俺に、か？　俺は単なる客で、ここの店の者ではないが？」

「はい、わかっております。雷牙様は、旅をしておられるのですよね？」

「ああ、そうだ」

「あの、ぼくも一緒にお連れくださいませんか？」

思いがけない頼みに、雷牙はじっときれいな子供を見つめた。

薄い水色の上衣下裳、それより濃《こ》いめの帯を高い位置で締《し》めている。身につけたものは決して華美《かび》ではないが、まるでどこぞの大店《おおだな》の若様とでもいった風情《ふぜい》だ。

女将の子供にしては、色白の顔にやけに品があった。真っ青な双眸《そうぼう》や、きれいな線を描《えが》く眉、口元や輪郭《りんかく》、どこを取っても似たところがない。

それに、少年の顔には何故《なぜ》か見覚えがある気がした。

「おまえはいったい……？」

ぽつりと呟《つぶや》くと、少年はそっと女将に寄り添《そ》って、顔を見上げる。

「ぼくは、ここの家に所縁《ゆかり》の者です」

「所縁の者？」

雷牙は違和感《いわかん》を覚えて、訊ね返した。

では、女将の子供ではなく、親戚《しんせき》筋の者か……。

ちらりと窺《うかが》うと、女将は何故かぼんやりと考え事でもしている様子だ。

「女将、どうした？」

そう問いかけると、女将ははっとしたように口を開く。

「えっ、ああ、そうなんです。……この子はうちの……ええ、うちの親戚筋の子でして……旅をするのは初めてなのです。……か、街道《かいどう》には野盗なども出ますから、ひとりで行かせるのは心配で……」

どことなく曖昧《あいまい》なしゃべり方だ。それに、途中で何か確認でもするように、何度も少年の顔を見る。

雷牙は違和感が拭《ぬぐ》えずに、女将と少年の顔を交互《こうご》に見た。

すると花琳と名乗った少年は、すっと一歩前へと踏《ふ》み出してきた。

近くで見ると、ますます可愛らしさが際立《きわだ》っている。

「どうか、お願いです」

両腕を重ねて丁寧《ていねい》に頭を下げたあと、少年は雷牙に向けてにっこりと微笑《ほほえ》んだ。

一瞬《いっしゅん》どきりとなってしまい、雷牙は口に拳《こぶし》を当ててわざとらしい咳払《せきばら》いをした。

「俺は、子猫を捜さねばならぬ」

「白い子猫、ですか？」

「ああ、そうだ」

「それなら、さっき見かけました。ええと、家に帰ったみたいですよ？」

「家に帰った？」

「はい」

「おまえ、あの猫の家、知っているのか？」

「はい、知ってます」

しっかりと頷かれ、雷牙はそれ以上の追及《ついきゅう》ができなくなる。

迷子だと思ったのは単なる勘違い。そういうことなら、これ以上未練がましく子猫にこだわっても仕方がない。

雷牙は改めて女将に問いかけた。

「女将、どんな事情があるか知らないが、こんな可愛らしい子に一人旅をさせるのは、無茶《むちゃ》な話ではないか？」

「えっ、ああ、ほんとにそうですよね。一人旅なんて危ないから……、……あ、いいえ、……ですから……ええ、危ないから一緒にお連れくださいませんかと……そうお願いして……」

先ほどから、女将の口ぶりは歯切れが悪い。店で客を捌《さば》いていた時とはまるで違って、心ここにあらずといった様子である。

「次の街まででもいいんです。どうかお願いです」

女将とは違って、花琳と名乗った少年のほうは熱心に頼み込んでくる。

「次の街まで何をしに？」

「あ、ええと、知り合いの家を訪ねて……」

女将には一宿一飯の恩義もある。何よりも、こんな子供が一人旅などしたら、城門の外に出たと同時に人攫《ひとさら》いに遭《あ》ってしまうだろう。

「本当に、次の街まででいいんだな？」

「はい、ご迷惑《めいわく》はおかけしません。ですから、どうかぼくを連れていってください」

はきはきした答えとともに、再び頭を下げられる。

雷牙はふうっとひとつ息をついたあとで、承知した旨《むね》を伝えた。

「次の街までということなら、さほどの道のりでもない。一緒に行ってやろう」

「はい、よろしくお願いします」

答えた花琳は、本当に嬉《うれ》しげにきれいな笑みを見せた。

†

昨日と同じく黄砂の舞《ま》う街道を、雷牙はゆったりとした足取りで進んだ。

旅の道連れは子供なのだ。身長もようやく雷牙の胸あたりまで。歩調を合わせてやらないと、すぐに足を傷《いた》めてしまうに違いない。

それに花琳は何故か非常に不器用で、なんの障害もない道で突然躓《つまず》いて転んだりする。だが元気だけは人一倍あって、可愛い女の子のような見かけを裏切り、まったく疲《つか》れる様子を見せなかった。

「あっ、雷牙様、あちらを見てください。桃《もも》の花が風で散らされて、すごくきれいですよ？」

「ああ、そうだな」

花琳は初めての旅に心を躍《おど》らせているのか、あちこちを指さして興奮ぎみに声をかけてくる。

桃の花がきれいだ。小鳥がいい声で鳴いている。雲の流れが速くて形が変わるのが面白いですね。あっちの山の向こうにはどんな街があるんでしょうか？

決してうるさいとは思わないが、色々と話しかけてくる。

「雷牙様、見て！　あんなところに羊がいますよ？」

「おい、花琳気をつけろ。また転ぶぞ」

雷牙は突然走り出した花琳に慌てて注意した。けれども一瞬遅く、花琳は道の真ん中でものの見事に転んでしまう。

「痛……っ」

「そらみろ。気をつけろと言ったのに……怪我《けが》はないか？」

雷牙はすぐに駆け寄って、花琳を抱き起こした。

「ごめんなさい。でも、なんでもないです」

「ほんとに怪我はないか？」

「はい、平気ですから」

花琳はそう言ってにっこり笑うが、両手は泥だらけになっている。

雷牙はそれを払ってやり、ついでに乱れた髪も直してやった。

恥《は》ずかしかったのか、花琳がほんのり頬《ほお》を染める。

そんな花琳の様子に、雷牙は何故《なぜ》か心が満たされるのを感じていた。

今までずっと独りで旅を続けてきた。誰かに語って聞かせるほどの目的もない旅だ。しかし、風の向くまま気の向くままに、旅することを楽しんでいたのかといえば、そうでもない。

《蒼》だけではなく、今は陽珂中の国が荒れている。人々の疲れ切った顔を見ているだけでも心が沈《しず》んだ。そして陽珂にはびこる暗雲を思うと、焦《あせ》りに似た気持ちにも駆られる。

しかし、権力など何も持たない今の雷牙には、どうしようもないことだった。

《白》の王は昨年「皇帝《こうてい》」の名乗りを上げ、陽珂をすべて《白》のものにするつもりで、虎視《こし》眈々《たんたん》と機会を窺っているという。《黒》でも《白》に張り合って、新皇帝が誕生した。

そして《蒼》も、事情は違えど朝廷《ちょうてい》は乱れきっている。

雷牙自身も、かつてはその乱れきった世界の住人だった。民のことを思い、日々奔走《ほんそう》していた時期もある。しかし、一個人でできることには限りがあって、今の雷牙は己《おのれ》の力を発揮する場所さえ見つけられずにいるのだ。

「雷牙様、どうかなさったんですか？　こんなによいお天気なのに、暗い顔ですね」

澄みきった蒼い双眸で心配そうに見上げられ、雷牙ははっと我に返った。

そして唐突《とうとつ》に、白い子猫のことを思い出した。

花琳の瞳の色は、あの子猫のものとそっくりだ。そばにいるだけで、どこかほんわりと温かな気分になるのも同じ……。

そういえば、夢に出てきた子供……あの少年も同じ目をしていなかったか？

花琳の背格好や顔立ちは、子猫が化けた子供にそっくりで……。

まさか、な……。

雷牙はあらぬ妄想《もうそう》にけりを付けるべく、さっと頭をひと振《ふ》りした。

「雷牙様？」

「ああ、なんでもないぞ。先を急ごう」

雷牙は花琳の華奢《きゃしゃ》な肩《かた》をぽんと叩《たた》いた。とたんに、愛らしい顔にきれいな笑みが広がる。

花琳の微笑《びしょう》に再び心を和《なご》ませながら、雷牙は華奢な肩を抱いて街道を歩き始めた。

†

困った事態に陥《おちい》ったのは、目的だった街に到着してからだった。

比較的大きな城市で、城門をくぐったあと、雷牙はすぐ花琳に訊ねた。

「おまえの知り合いはどこら辺に棲《す》んでいるのだ？　旅は初めてだと言っていたな。場所はわかっているのか？　書き付けでも持っているなら、俺に見せてみろ。誰かに訊いてきてやる」

「あ、あの……、ご、ごめんなさい、ぼく……」

「なんだ？　何を謝っている？」

花琳は気まずいことでもあるかのように、すっと雷牙から視線をそらす。

「もしかして、訪ねる家がわからないのか？」

雷牙は眉をひそめて問い返した。

ところが花琳は必死にかぶりを振る。

「ご、ごめんなさい。違《ちが》うんです。この街に知り合いはいません」

「知り合いがいない？」

「……はい」

「それじゃ、なんのために、この街まで来た？」

雷牙は訳がわからず、花琳の様子を窺《うかが》った。

そわそわしたかと思うと、次の瞬間には懸命《けんめい》に縋《すが》るように雷牙を見つめてくる。

「ら、雷牙様、お願いです！　どうか、この先もぼくを連れてってください。ぼく、雷牙様と一緒に旅がしたいんです！」

驚くべき訴えに、雷牙は舌打ちしそうになった。

「おまえ、俺に嘘《うそ》をついたのか？」

「ぼくは嘘なんて……」

泣きそうな声を出した花琳に、雷牙はさらに厳しく重ねた。

「この街までという話だったから気軽に引き受けた。なのに、おまえは俺を騙《だま》したのか？」

決めつけられた花琳はふるふるとかぶりを振った。

じっと助けを求めるように蒼い瞳で見つめられ、思わずほだされてしまいそうになるが、勝手に子供を連れ歩くような無責任な真似《まね》はできない。

「ぼくは別に騙してなんて……ただ、雷牙様と一緒に行きたかっただけで……」

花琳の言い訳に、雷牙は眉をひそめた。

「おまえの目的はなんだ？」

「ぼくは……」

「どこまで行くつもりだ？」

「それは……」

「じゃ、なんで俺についてくる？」

「ぼくはただ、雷牙様のそばにいたいだけで……」

「だから、何が目的だ？」

「それは……その……。今は、言えません」

何を訊ねても曖昧《あいまい》な答えを返すばかりの花琳に、雷牙はほとほと困り果てた。

よくよく思い出してみれば、あの時の女将の態度もどことなく不自然だった。こうなると、花琳と女将の関係も怪《あや》しまずにはいられない。

「じゃ、あの茶楼の女将はおまえのなんなんだ？　親戚とか言っていたが、本当か？」

「ぼくは……」

花琳は泣きそうに顔を歪《ゆが》めて黙り込む。

「はっきりしたことが答えられないのか？　まさか、おまえはあそこの女将も騙したのではないだろうな？」

「ち、違います。騙してなんか……ただ、……で、お願いしただけで……」

「なんだ？」

花琳の声が聞き取れないほど小さくなり、雷牙は厳しくたたみかけた。

「…………」

けれども花琳は何も答えず、とうとうぽろりと涙をこぼす。

少し可哀想《かわいそう》に思ったが、やはり、旅の道連れになることを認めるわけにはいかない。

「俺に泣き落としはきかんぞ」

「泣き落としだなんて……」

「とにかく、目的も明かさない者と一緒に旅をするのは無理だ。俺はここでおまえと別れる。約束は街に着くまでだったからな」

雷牙は心を鬼にして、くるりときびすを返した。

背後で花琳がどうするか、本当のところは気になって仕方ない。

それでも大股《おおまた》で大通りを歩き出した。

背後の気配に注意していると、花琳は十歩ほど遅れてついてくる。わざと歩調を速めれば、必死に走って追いかけてきた。

これでは少し様子を見るしかないかもしれない。雷牙はそう思い、時間は早いが宿を取ることにした。

大通りに面した大きめの宿に入っていくと、花琳も遅れて到着する。

「おふたりですか？」

宿の使用人の問いかけに、雷牙はあっさり首を振った。

「いいや。俺ひとりだ」

「しかし、後ろのお子さんは……？」

訝《いぶか》しげに問《と》われても、断固として同じ答えを返す。

「泊まるのは俺ひとりだ。あの子は俺の連れじゃない。部屋は安いのでいいぞ。それから、夕《ゆう》餉《げ》も頼もう」

「かしこまりました」

雷牙は呈示《ていじ》された料金を先払いして、奥から顔を出した別の使用人の案内に従った。

後ろの様子を窺うと、花琳も必死に宿を取ろうとしている。

「あの、あの方の部屋の隣にしてもらえますか？」

「宿代は？　払えるんだろうね？」

「あの、これを……」

「おい、あんた。こんな高額の銀貨を出したって、釣《つ》り銭《せん》はないよ？」

「あの、これでは足りないんでしょうか？」

「いや、多すぎるんだ。だから釣り銭を渡《わた》そうにも用意がなくてね。これは全部貰っておくことになりますけど、それでもいいんですか？」

「はい……」

雷牙は聞こえてきた話に、思わず引き返したくなった。

花琳が払ったのはおそらく銀貨だろう。この煤《すす》けた宿なら十日以上は泊まれる価値がある。釣り銭がないなどというのは言い訳で、世間知らずの花琳から大金を巻き上げるつもりかもしれない。

しかし、旅の目的を明かして助力を乞《こ》うならまだしも、ただ単についてくると言われても困るだけだ。

しばらくの間、放っておく。それで花琳が諦《あきら》めて元の街に帰ると言うなら、送っていってやる。とにかく、今は絶対に甘い顔を見せない。

雷牙はそう強く決意して、花琳を無視して宿の二階へと続く階段を上った。

狭《せま》い部屋に寝台《しんだい》がひとつだけ、卓子と椅子さえ置いていない殺風景な部屋だ。帳場の隣が茶楼になっていたので、食事もそこで出すのだろう。

雷牙は荷物を置き、腰の長剣も外して寝台にごろりと転がった。

仰向《あおむ》けで折り曲げた腕を頭に宛《あて》がい、耳を澄ましていると、廊下《ろうか》を歩く足音がして隣の部屋に花琳が入ったのがわかった。

しばらくして、ガタンと物音がする。

「痛……っ」

卓子に足でもぶつけたのか、花琳が小さく呻《うめ》く声も聞こえてきた。

雷牙は一瞬、どきりとしたが、そのあとはなんの物音もしなくなる。

だけど、あいつ、これから本当にどうする気だ？

雷牙は隣の気配を窺いつつ、胸の内で独りごちた。

結果的には無視してしまったが、花琳に対してめちゃくちゃ怒っていたわけではない。結局のところ、雷牙は花琳のことが気になって仕方がなかったのだ。

夜になり、雷牙は食事を取りに隣の茶楼へと出かけた。

さすがに大通りに面しているせいで、店内は混《こ》み合っている。

壁際《かべぎわ》に近い席につくと、すぐに追いかけてきたらしい花琳が姿を見せた。

そばまで来たそうな顔をしているのが見えたが、雷牙は気づかない振りで酒やつまみを注文する。

「お坊《ぼっ》ちゃんは、なんにします？」

「……それじゃ、粥《かゆ》を……」

ふたつばかり先の席から、花琳と茶楼の使用人とのやり取りが聞こえてくる。

そして花琳は必死に縋《すが》るような視線を送ってきたが、雷牙は、甘えは許さないとばかりに無視した。

本当に、花琳の目的はなんなのか？

どうしてこんなに必死になって、自分についてきたがるのか、その理由がわからない。

雷牙は運ばれてきた酒を口に運びつつ、考え込んだ。

店内は混み合っており、中には酒の飲み過ぎでかなり酔《よ》っている者もいた。

不作の続く農家の者とは違い、こうしてきちんと宿に泊まって酒を飲める者は幸いだ。しかし、商《あきな》いは決してうまくいっていないのだろう。酒量が増えるのは、不満の裏返しだった。

間の悪いことに、数人の酔客《すいきゃく》が花琳の可愛《かわい》らしさに目をつける。

「おっ、なんか可愛いのがいるじゃないか」

「おい、おまえ、俺たちに酌《しゃく》でもしてくれよ。この店には、給仕《きゅうじ》の女さえいないからな」

「へえ、おまえ女じゃなくて男かよ。でも、まあいいや。可愛い顔してるしな。俺は男でもかまわないぜ？　せっかくだから、俺たちの部屋に来いよ。面白い遊びしようぜ」

聞くに堪《た》えない言葉が続き、雷牙はひくりと眉根《まゆね》を寄せた。

手にも、酒杯《しゅはい》を壊《こわ》してしまいそうなほどの力が入る。

「すみません。ぼくは食事をしているだけなので」

「なんだよ、つれないこと言うなよ。ちょっとこっちに来なって」

「困ります。手を離《はな》してください……っ」

「お嬢《じょう》ちゃん、独りなんだろ？　おじさんたちが可愛がってやるからさ」

花琳は蒼白《そうはく》な顔で懸命《けんめい》に抗《あらが》っていた。

他《ほか》の客たちは見て見ぬ振りを決め込んでいる。

調子づいた男たちに抱《だ》き寄せられそうになり、花琳はとうとう悲鳴を上げた。

「いやだ！　助けて、雷牙様！」

我慢《がまん》の限界に達していた雷牙は瞬時《しゅんじ》に立ち上がった。一足飛びに花琳のそばまで行って、絡んでいた男を引き剥《は》がす。

「やめろ。この子にかまうな」

「な、なんだよ、てめぇ？　俺たちを脅《おど》そうって言うのか？　え？」

酔った勢いだろう。商人風の男は、さっと懐《ふところ》に手をやって短刀を取り出した。

「そんなに暴れたいなら相手をしてやる。だが、ここでは他の客に迷惑《めいわく》だ。表へ出ろ」

雷牙は冷ややかに命じた。

雷牙が放った怒気《どき》は、酒に酔った者たちを圧倒《あっとう》する。

全員、いっぺんに酔いが覚めたように、後じさっていく。短刀を手に凄《すご》んでみせた男はいち早く逃《に》げ出していった。

「雷牙様……っ」

たまらなくなったように嗚咽《おえつ》を上げた花琳を見て、雷牙は自責の念に駆られた。

もっと早く助けてやればよかったものを、年甲斐《としがい》もなく意地になっていた。

「花琳、もう怖《こわ》くないぞ」

雷牙はそっと花琳の頭に手をやって、自分の胸に引き寄せた。

優しくされた花琳は、雷牙の着物を両手でぎゅっとつかみ、堰《せき》を切ったように泣き始める。

雷牙は小刻みに震《ふる》える花琳をしっかりと抱きしめてやった。

「ごめんなさい。雷牙……様。ぼく……っ」

「もう大丈夫だから、そんなに泣くな。だがな、これでよくわかっただろう。子供の一人旅は無理だ。悪いことは言わん。明日、俺が家まで送ってってやるから」

雷牙がそう言うと、花琳は慌てたように身体を離し、両手の甲でごしごし濡れた頬を拭う。

「ぼく、勝手についてきたのに、雷牙様に迷惑かけて、ご、ごめんなさい……っ。でも、もう平気です。助けてもらってありがとう！」

花琳は一気に言って、後ろを向く。

そして雷牙が止める暇もなく、そのまま駆け出していってしまった。

「おい、花琳」

意地を張って無理しているのがありありとわかる後ろ姿だ。

雷牙は何故《なぜ》か、自分のほうが置いていかれたような心地《ここち》になった。

花琳が部屋に戻《もど》り、店内の騒《さわ》ぎもすっかり落ち着いたが、雷牙だけはなんともすっきりしないままだ。仕方なく元の席に戻って、ぬるくなった酒を飲み干す。

「明日、もう一度話をするしかないな。それで、あいつを元の街まで送っていく」

そう独りごち、雷牙はさらに杯《さかずき》を重ねた。

†

その夜半のこと——。

雷牙は硬《かた》い寝台の上でふと目を覚ました。

珍《めずら》しく酒を飲み過ぎたせいで喉《のど》が渇《かわ》いている。水でも貰いに行くかと起き上がった。

その時、隣の部屋で押し殺した悲鳴が聞こえる。

「キャァ……」

花琳の部屋だ。

雷牙は即座《そくざ》に部屋を飛び出し、花琳の部屋の扉《とびら》を開け放った。

「どうした？」

明かりのない部屋だが、丸く切られた窓から月光が射《さ》している。

花琳は寝台の隅《すみ》で両膝をかかえ、ぶるぶる震えていた。

雷牙は素早《すばや》く室内に視線を走らせた。しかし、怪《あや》しい者の気配はない。

「花琳、何があった？」

大股《おおまた》でそばまで歩み寄ると、花琳は細い両腕《りょううで》を伸《の》ばし、縋りついてくる。

「ら、雷牙、様……っ」

月光に照らされた顔に涙がこぼれているのを見て、雷牙の胸はずきりと痛んだ。

思わず抱きしめて、濡れた頬《ほお》を指で拭《ぬぐ》ってやる。

「何があった？」

「ご、ごめんなさい。……ね、鼠《ねずみ》みたいのが……っ」

「鼠？」

「ね、鼠みたいのが、ぼくの顔の上を、は、走り抜けてった……っ」

雷牙は呆然《ぼうぜん》となった。

そして、しばらくしてから、たまらず笑い始めた。

「ははは、鼠か……ははは」

「ら、雷牙様……ひどい。笑うなんて」

雷牙があまりに笑うので、花琳はすねたように口を挟《はさ》んでくる。

その時、雷牙の胸にはなんとも言えない感情が芽生えてきた。

「わかった、わかった。おまえは鼠が怖かったんだな。まだ子供だもんな……仕方ないな」

雷牙はそう言いながら、花琳の細い身体を抱きしめた。

責任がどうとか、そんなものは関係ない。こうやってしがみついてくる花琳が可愛い。

そして花琳は、自分と一緒に旅をしたがっている。

連れていくのに、それ以上の理由は必要ないだろう。

「雷牙様……」

花琳は甘えるように、雷牙の胸に顔をつけた。

「花琳、今でも俺と一緒に行きたいのか？」

「うん」

「おまえの目的がなんなのかは、もう問わない。いいぞ。一緒に旅をしよう」

「えっ、ほんとに？」

思わずといった感じで顔を上げた花琳に、雷牙は大きく頷いた。

「ああ、ほんとだ。おまえが俺と一緒に来たいなら、だ」

「うん、ぼく雷牙様と一緒に行きたい！」

花琳の顔にふわりとした笑みが広がる。

雷牙はその花琳にひどく愛しさを感じながら、細い身体を再び抱きしめた。

二

《蒼》は想像していた以上に荒《あ》れていた。

雷牙と一緒に旅をするようになって、もう十日近くが経《た》つ。

《蒼》は陽珂の大地の北方を占《し》める国だ。今、ふたりがいる場所は、そのほぼ中央部。雷牙はそこから東への道を取っていた。

本当は南に向かってほしい。

それをどう言い出すかというのが、もっかの花琳の悩《なや》みだ。

「おい花琳、どうした？　足でも痛くなったのか？」

先を歩く雷牙が振《ふ》り返り、気遣《きづか》わしげに声をかけてくる。

「ごめんなさい。大丈夫。ちょっと景色に見とれてただけ」

花琳は明るく答えて、雷牙の下《もと》へと駆け寄った。

「よそ見ばかりしていると、また転ぶぞ」

雷牙が心配そうに言うのは、花琳が転んでばかりいたからだ。

土を突《つ》き固めた道や、石を塡《は》め込んだ大通りを歩くのは生まれて初めてで、最初は足運びの力加減がわからず苦労した。でも、今はそれにも慣れてきた。

「ごめんなさい。心配させて。だけど、もう大丈夫です。歩くのうまくなったから」

「歩くのがうまくなっただと？　まったく、おかしな言い方をするやつだ」

花琳はふわりと笑みを浮かべながら、雷牙を見上げた。

道連れとなってくれた雷牙は堂々として、誰よりも立派に見える。

黒地の上衣下裳《かしょう》は動きを考慮《こうりよ》してか、膝下《ひざした》までの長さで脇《わき》も大きく割れている。その裾を翻《ひるがえ》して歩く姿には惚《ほ》れ惚《ぼ》れとしてしまう。

逞《たくま》しい肩に長く力強い手足。胸板《むないた》も厚く、全身が引き締《し》まっている。そのうえ顔立ちも男らしく整っており、黒の双眸も澄みきっていた。

何もかもが華奢《きゃしゃ》で中途半端《ちゅうとはんぱ》な自分のことを思うと、あまりの違いにため息が出てくるほどだ。

でも、いい。

大切なのは、雷牙と一緒にいられること。

花琳に課された使命は、雷牙を里まで連れていくことだから——。

「花琳、景色に見とれてるばかりでは、少しも先に進まないぞ」

雷牙はそう言って、花琳の頭に大きな手を乗せた。

決して強くはない、ふわりと包み込まれる感触《かんしょく》がとても気持ちよかった。

花琳は胸の奥にじわりと温かなものが満ちるのを感じながら、逞しい雷牙にまとわりついた。

「雷牙様、今日はどこまで行くのですか？」

「さあな、どこまで行くか……」

雷牙は花琳の肩を抱き、力強く歩き出す。

「ぼくたち、どっちへ向かってるんですか？」

「今は、東だな」

「東には何があるの？」

「別に何があるってわけじゃない」

「じゃ、どうして東に向かってるんですか？」

重ねて訊ねると、雷牙は呆《あき》れたように花琳の顔を覗き込んでくる。

「おまえ、今日はどうかしたのか？　やけにしつこく訊《き》くな。おまえのほうこそ、どうして俺についてくる？」

花琳は言葉に詰《つ》まった。そこを突かれると困ってしまう。

花琳の使命は雷牙を里まで案内すること。だが、それを明かすことはできない。雷牙にはあくまで自主的に里まで来てもらわなければならないのだ。

「あ、あの……東も面白《おもしろ》そう、ですね。どんなとこか、知らないけど……」

花琳は無理やり笑みをつくった。

雷牙は花琳がとっさに誤魔化《ごまか》したことを感じ取り、大きなため息をつく。

「まったく……。まあ、いい。何か事情があるのだろうが、今はこれ以上の詮索《せんさく》はしない。おまえが話す気になるまで待ってやる」

「雷牙様……」

さりげない優しさを示されて、花琳もほっと息をついた。

中途半端な存在の自分は、大きな使命を果たすことで大人の仲間入りをする。

本当はあまり時間をかけてはいられない状況《じょうきょう》だ。

それでも、きっと近いうちに、雷牙をその気にさせることができる。

花琳はそう信じて、ついていくだけだった。

†

「おい、花琳。今日も野宿になるが、いいか？」

寂《さび》れた街道を歩き、西の空に陽が傾《かたむ》いてくる頃、雷牙がそう訊ねて足を止める。

川沿いに森が続く場所で、あたりには人家も見当たらなかった。

「また野宿？　嬉《うれ》しいな」

花琳が明るい声を上げると、雷牙は呆れたように首を左右に振る。

「たとえ粗末《そまつ》な宿でも、寝るなら寝台の上がいいだろう。なのに、おまえときたら、野宿を嬉しがるとは、信じられないやつだ」

「おかしいかな？　でも、別にどっちでもいいんだ。雷牙様と一緒なら」

花琳はそう答えたが、本当は違う。

宿に泊まるより、絶対に野宿のほうがいい。何故なら、野宿だと雷牙がひと晩中ずっと抱いていてくれるからだ。

「それじゃ、そのあたりで先に飯でも食うか」

「はい。それじゃ、ぼく薪《たきぎ》を集めてきますね」

花琳はすかさず駆け出した。

「転ぶなよ？」

「はーい」

野宿をする時は、まず焚《た》き火をする。それ用に森で枯《か》れた小枝を集めるのだ。最初はそういうやり方も知らなかったのだが、全部雷牙が教えてくれた。だから、今は少しでも役に立つところを見せたいと、張り切ってしまう。

花琳は両腕いっぱいになるまで小枝を拾い集め、雷牙の下まで駆け戻った。

雷牙は河原から適度な大きさの石を運び、丸く並べて炉《ろ》の準備をしている。

「早かったな、花琳」

雷牙は花琳から受け取った小枝で、器用に鍋《なべ》を吊《つる》す鉤《かぎ》を作った。

荷物は決して多くない。雷牙が丈夫《じょうぶ》な麻《あさ》の背負い袋に入れているのは、夜寝る時にくるまる厚手の布と小さな鍋、そしてほんの少しの着替《きが》えと非常用の食材だけだ。

けれども今日は、森の途中で茸《きのこ》と山菜を集めてきたので、それが中心の食事になる。

だが花琳は、腰を下ろした雷牙のそばで、ピチピチ跳《は》ねているものに気づき、目を丸くした。

いつの間に捕《と》ったのか、掌に余る大きさの魚が四匹。

「すごい」

花琳が枯れ枝を集めていた間に、雷牙は釣《つ》りまで済ませていたのだ。

「魚なら、おまえも食べられるだろう？」

笑みを浮かべて訊ねられ、花琳はこくりと頷いた。

雷牙がわざわざ確認してくれたのは、昨日の一件に起因している。森の中で、食料にするために鳥を射落とすと言った雷牙を、花琳が泣いて止めたからだ。

雷牙は弓など使わずとも、小枝と蔓《つる》で道具が作れると言ったが、花琳は小鳥が可哀想だから止《や》めてほしいと頼《たの》み込んだ。

本当は魚だって同じことだ。生きていくためには、他の何かを口にするしかない。

この世界では、すべての生き物がそういった連鎖《れんさ》の中に組み込まれている。

植物は地中から養分を吸い上げ、花を咲かせて蜜《みつ》を求める虫を誘《さそ》う。その虫たちは、より大きな虫や鳥、動物に食べられてしまい、その動物はさらに大きな獣《けもの》の糧《かて》となる。そして寿命《じゅみょう》を終えた大きな獣は、最後には土と同化して、再び植物の糧となる。そういう連鎖だ。

だから鳥だけを可哀想だと思うのはおかしい。

そう理解はしていても、鳥や獣には特別な親しみを感じてしまうので、どうしても食べようという気にはなれなかった。

雷牙は手早く火を起こし、懐《ふところ》から取り出した小柄《こづか》で枝の先を削《けず》った。そして捕れたての魚を刺《さ》して、炉のまわりに並べる。炉の中心には茸と山菜を入れた鍋をかけ、持参していた干飯《ほしいい》も一緒に煮込む。

その頃にはすっかり陽も落ちて、あたりは真っ暗になるが、その分焚き火の明るさが眩《まぶ》しいほどだ。

それに、雷牙とこうしてふたりきりでいられるのも、花琳にはこのうえなく嬉しいことだった。

パチパチと焚き火が爆《は》ぜ、串《くし》に刺した魚が香《こう》ばしく焼けてくる。

「そら、焼けたぞ。よくフウフウして食べろ。おまえ、熱いの駄目《だめ》だからな。舌、火傷《やけど》するなよ？」

雷牙から手渡された串を受け取り、花琳は思わず口元をゆるめた。

妻も子供もいないと聞いていたが、雷牙は細かいところにも気が利《き》いてとても面倒見《めんどうみ》がいい。

こうして優しくされるたびに、ますます雷牙のことが好きになっていた。

花琳は心のうちで「ぼくが食べちゃって、ごめんね」と謝りながら魚の串に口をつける。

焼きたての魚は舌が蕩《とろ》けるように美味《おい》しかった。

「そら、次のも焼けたぞ」

「ううん、ぼくはもう充分《じゅうぶん》。雷牙様が食べて。ぼくは羹《あつもの》を貰《もら》うから」

「そうか、じゃ、火傷しないようによそえよ？」

「はい」

魚にかぶりつく雷牙の横で、花琳は熱々の羹を木の椀《わん》にすくった。

雷牙の分もよそってから、椀を両手で持って、フウフウと息を吹きかける。

注意されたとおり、熱すぎるものは苦手だ。

雷牙は強いだけでなく、料理の腕前もいい。森の中では色々な香草《こうそう》も採っていた。

貴重な塩とその香草で味付けし、茸からもたっぷり旨味《うまみ》成分が加わった羹は、素晴《すば》らしく美味しくて食欲《しょくよく》をそそった。

「ふう、ぼくお腹《なか》いっぱいになっちゃった」

食事が終わり、花琳は満足の吐息《といき》をついた。

焚き火の明かりが照らし出した雷牙は、優しげに笑っている。

茶楼《さろう》で狼藉者《ろうぜき》を追い払った時、それに街道で追い剝《は》ぎに襲われそうになった時にも怖い顔を見せたが、それとはまったく別人のようだ。

「おい、花琳。眠るならこっちへ来い」

「ん」

雷牙に声をかけられて、花琳は閉じてしまいそうになった目を擦《こす》った。

言われるまま、雷牙に擦《す》り寄って身体を預ける。

「風邪《かぜ》をひくといけない。もっと俺にくっつけ」

「は、い……」

雷牙は手早く布団《ふとん》代わりの布を広げ、花琳を抱いたままで身を横たえる。

逞《たくま》しい雷牙にすっぽりと抱かれた花琳は、少しも寒さを感じなかった。

焚き火が消えても大丈夫。雷牙に抱かれていれば、朝までずっとぬくぬくとしていられる。

そう、花琳が野宿を好きなのは、夜こうして雷牙に抱かれたままで眠れるからだ。

宿で眠る時は寝台で独りきり。だから、たとえ野宿でも、こうして一緒に眠れるほうがいい。

でも、あまりに気持ちがいい時は、かえって用心が必要だ。

気持ちがよすぎて、元の姿に戻ってしまったらいけないから――。

そんなことを考えつつ、花琳はいつの間にか夢の世界にとらわれていた。

†

雷牙と花琳は、あてのない旅を続けていた。

常に宿に泊まれるわけではないが、野宿はむしろ大歓迎《だいかんげい》で楽しかった。

しかし、花琳がそんなふうに浮かれていられたのも、しばらくの間だけだった。

東に向かい、《黒》との国境が近くなるにつれ、大地の荒れ方がひどくなっていったのだ。

森の恵みは里の者たちに根こそぎ採り尽くされて、兎《うさぎ》や栗鼠《りす》、それに空を舞う鳥さえも見かけることが少なくなった。川でも極端《きょくたん》に魚の数が減っており、雷牙の腕前をもってしても、なかなか捕獲《ほかく》がかなわないほどだった。

森の中でも枯れた木が目立つようになってきた。何か病気でも起きたのか、下草さえろくに生えていない場所もある。そんな状態では鳥や獣、虫たちでさえ、生きていくことが困難だ。

近隣《きんりん》の民《たみ》もその影響《えいきょう》をまともに受けているようで、痩《や》せ細った者ばかりが目につくようになった。

久々に城門をくぐって大きな城市に入った花琳は、悪寒《おかん》を感じて雷牙に擦り寄った。

「雷牙様、この街……」

「ああ、ひどいな」

答えた雷牙は、花琳を守るように肩を抱き寄せる。

大通りにはほとんど人どおりがなく、たまに見かける者も虚《うつ》ろな目をしていた。

店は売る物がないのか、どこも扉《とびら》を閉《と》ざしている。

まるで街全体が何かの厄災《やくさい》にでも見舞われたかのように、暗い影《かげ》に覆《おお》われていた。

それでも大通りを進んでいくと、広場に出る。

そこには何故か、大勢の人だかりがしていた。襤褸《ぼろ》をまとった民がぐるりと輪になっている。

その中心から悲鳴が上がり、花琳は思わずぎゅっと雷牙の手を握《にぎ》りしめた。

集まった人々は、悲鳴が上がるたびに凍《こお》りついたように息をのんでいる。

「雷牙様、何が起きてるの？」

「だいたい想像がつく。花琳、おまえは見ないほうがいい。少しの間、ここで待ってろ」

雷牙は厳しい表情で言って、花琳の手を離《はな》した。

だが、花琳はとっさに雷牙の手を握り直す。

「いやだ。置いていかないで。ぼくも一緒に行く」

「花琳、おまえは見ないほうがいい」

雷牙は眉をひそめてそう重ねたが、花琳は頑固《がんこ》に首を左右に振った。

「仕方ない。それなら、何を見ても泣いたりしないと約束しろ」

「は、い……」

雷牙は脅《おど》すように言う。それでも花琳はこくりと頷いた。

広場の中心で何が起きているのだろう。雷牙がここまで自分に見せたくないとは、相当ひどいことなのだろう。

だが、雷牙が見に行くなら、自分もそれに従うだけだ。

何故なら、雷牙が目にするものを、自分も一緒に見ることに意味があると思うから。

雷牙は花琳の手を繋《つな》いだまま、人混《ひとご》みを押し分けて前へ進んだ。

先頭まで出た瞬間、花琳は鋭く息をのんだ。

目にした光景が信じられない。

そこでは何人もの人間が、役人から棒打ちの刑《けい》に遭《あ》っていた。

バシンバシンといやな音を立てて、木の台にうつ伏《ぶ》せでくくられた者の背中が叩《たた》かれる。粗《そ》末《まつ》な着物が裂け、剝き出しになった背中の皮膚《ひふ》も破け、それでも容赦《ようしゃ》なく棒が打ち据えられていた。

「ぐうっ」

叩かれた者は、もはや叫び声さえ上げられない状態だ。

「これで三十回。あと七十回だ。おまえらもよく見ておけ。年貢《ねんぐ》を納められない者は全員こうなるぞ」

軍装の恐《おそ》ろしい顔つきの役人は、にやりと笑いながら、棒を打ち下ろしている。

処刑《しょけい》用の台は十ほど並べられ、その後ろにはまだ大勢の民が後ろ手に縛《しば》られた状態で固まっていた。中には女や子供まで交じっている。

まさか、あの子供たちまで同じ刑に？

「ら、雷牙……様っ」

花琳は思わずぎゅっと雷牙の手を握った。雷牙も同じ怒りに駆られているのか、花琳の手を強く握り返してくる。

自分にもし力があるならば、こんなことは許しておかない。

だが、自分は選ばれし者ではない。それをどれほど悔《くや》しく思っても、どうにもならなかった。

その間も棒打ちの刑は続き、目の前の男の背中から血が噴《ふ》き出した。

隣の台では刑が終わり、ぐったりと生きているか死んでいるかもわからない老人の痩せこけた身体が、乱暴に後ろへ放り投げられる。

次に台まで引っ張ってこられたのは、まだ十歳ぐらいの男の子だった。

「まさか……あんな子供まで……っ」

花琳は恐ろしいほどの怒りに駆られた。

もう我慢《がまん》できない！　あの子を助ける！

花琳は無我夢中で飛び出そうとした。

が、一歩前に出ただけで、ぐいっと雷牙に引き戻される。

「ら、雷牙様！　あの子、助けなきゃ！」

花琳は顔を歪《ゆが》めて、雷牙を見上げた。

「しっ、黙《だま》ってろ！」

雷牙は花琳の耳に口を寄せ、押し殺した声をかけてきた。

「いいか、花琳。おまえは今すぐここから逃げろ」

「そんなの、いやだ」

「いいから俺の言うことを聞け。おまえの気持ちはわかっている。俺も同じだ。あとは俺がなんとかする。だからおまえは逃げろ。後ろは絶対に振り返るな。真っ直《す》ぐに城門を目指すんだ。俺はあとから行く。必ずおまえのところへ行くから、城門の外で待ってろ。いいな？」

花琳は思わず雷牙の精悍《せいかん》な顔を見上げた。

雷牙は鋭く役人の動きを見据えている。花琳の手を離した雷牙は、長剣を佩《は》いた腰にその手を伸ばした。

雷牙があの子供を助けてくれる。

そうわかったとたん、涙がこぼれそうになった。けれどもここで愚図愚図《ぐずぐず》していたら、せっかくの志が無駄《むだ》になる。

花琳はとっさに雷牙の意を汲《く》み取って、くるりときびすを返した。

成り行きがどうなるか、ものすごく心配だった。雷牙はたったひとり。それで大勢の役人を相手にどう戦うつもりだろう。どうにもならず、雷牙まで捕《と》らわれてしまうのではないか。大《おお》怪我《けが》を負わされ、死んでしまったらどうしよう。

不安の種は尽きなかったが、足手まといの自分がここに残っているのは愚《おろ》かなことだ。

何よりも、自分は雷牙を信じている。

雷牙こそ、探し求めていた人。

初めて会った時にそう確信したからこそ、無理をとおしてついてきた。

花琳は恐怖《きょうふ》に引きつった顔で成り行きを虎視《こし》している人々を掻《か》き分けて、必死にその場から逃げ出した。

雷牙を信じて、一度も後ろを振り返らなかった。

†

城門の外で、花琳は目立たぬように大木の陰《かげ》に身を潜《ひそ》めながら雷牙を待った。

逃げる途中で、すごい騒ぎになったのは聞こえたが、雷牙がその後どうなったか、知るすべはなかった。

あれからかなり時間が経つが、雷牙はいっこうに姿を現さない。

花琳は不安で胸が押し潰《つぶ》されそうな心地を味わいながらも、懸命《けんめい》に雷牙の戻りを待っていた。

城門の外側を守る衛兵は四人。中にはその倍の人数がいたが、皆、広場での騒ぎなどまったく気にしていないように、のんびり立っているだけだ。肝《きも》が据わっているというより、やる気がまったくない状態で、適当に役目をこなしている感じだった。

しばらくして、花琳は後ろから小さく声をかけられた。

「花琳」

「えっ、雷牙様？」

城門ばかりを見張っていた花琳は、びっくりして振り返った。

まさか背後から声をかけられるとは、思ってもみなかった。それに雷牙は髪を乱しているだけで、どこにも怪我がなさそうだ。

花琳はほっとするあまり、じわりと涙をこぼしそうになった。

だが雷牙は、再会を喜び合う暇《ひま》さえ与《あた》えてくれない。

「こっちだ。逃げるぞ、花琳」

「はい！」

花琳は差し伸べられた雷牙の手を、ぎゅっと握った。そうして手を引かれるままに、一目散に城門をあとにした。

「待て――っ！　そこの者、止まらぬと矢を放つぞ！　止まれ！」

かなり走ったところで、怒声《どせい》が上がる。

しかし、その時にはもう矢の届かない距離《きょり》を稼《かせ》いでいた。必死に走って息が上がったが、雷牙と一緒ならどこまでも逃げられる。

そうして安全な場所まで逃げ切って、花琳はようやく雷牙と顔を見合わせた。

「よかった。……雷牙様、無事だった」

息を乱しながらもにっこり笑いかけると、雷牙も口元をゆるませる。

「ああ、なんとか逃げ切ったようだな。城市を守る兵は皆、覇気《はき》のない者ばかりだった。こんな場所まで俺を追いかけてくる気概《きがい》もないだろう」

街道《かいどう》から逸《そ》れ、灌木《かんぼく》だけが疎《まば》らに生えている岩場だ。

ちょうど手頃《てごろ》な洞窟《どうくつ》があって、中に入って腰を下ろした。

「あの子供、どうなったんですか？」

「ああ、子供だけはなんとか助けた。あそこに集まっていた民が、役人の目から隠《かく》してくれた」

「よかった」

花琳はほっと息をついたが、雷牙の表情には翳《かげ》りが出る。

「助けられたのは子供だけだ。他の者も何人かは縄《なわ》を解いてやったが、またすぐに捕まるだろう。俺ひとりでは、どうにもならなかった」

自嘲《じちょう》気味な呟《つぶや》きに、花琳もつらくなった。

今日は子供を助けられたが、それで根本的な問題を解決したことにはならない。こんなに荒れた土地では、年貢が納められない者が増える一方だろう。

「あの役人たちには、慈悲《じひ》の心はないのでしょうか？」

「個人的には心根の優しい者もいるだろうが……あいつらにしても、上の命令を聞かなければ同じ目に遭《あ》うだけだ」

雷牙は苦しげに声を絞《しぼ》り出す。

花琳はたまらなくなって、雷牙の大きな身体に両腕をまわした。

自分に力があれば、雷牙をこんなに悲しませることもないのに。

こうして抱きしめてあげることしかできない自分が情けなかった。

「おまえ、俺を慰《なぐさ》めてくれるのか？」

「ううん、違うよ。雷牙様を慰めるなんて、とんでもない。ただ、ぼくも雷牙様と同じで悔しいだけ」

花琳は雷牙の胸に顔を埋《うず》めたままで気持ちを明かした。

「おまえが悔しい？」

「うん、だって、ぼくにもっと力があれば、雷牙様を助けることができるのにって、思って」

雷牙はくすりと笑った。

「おまえに力があれば、か……。ま、ありがたい申し出だが、おまえがいくら強くなっても、ふたりだけじゃどうしようもないぞ」

「え、そんなことないよ」

「おまえは何も知らないだろうが、これは国の問題なのだ」

「国の問題？」

「ああ、そうだ。国の中央で政《まつりごと》を行う者たちの力が足りていない」

「それは王様のせいってこと？」

花琳は胸をドキドキさせながら訊《たず》ね返した。

雷牙は苦しげに眉根《まゆね》を寄せる。何かを必死に堪《た》えているような表情だ。

「この国の王は争いを好まぬ心優しきお方だ。おそらくこの国の惨状《さんじょう》に一番心を痛めているのも王だろう」

「優しい王様なのに、どうしてこんなことが？」

「人々が困窮しているのは、隣国との小競り合いで軍費が嵩んでいるからだ。不作続きだろうが、中央はお構いなしに民から年貢を取り立てている。軍にまわす物資を民に分け与えることができれば、この悲惨な状態もなんとかなるだろうが、《蒼》は大国の《黒》と《白》に挟《はさ》まれ、難しい立場に立たされている。対応を誤れば国中が戦乱に巻き込まれる事態となる。王はそれを一番憂《うれ》えているのだ。そのうえ、王のまわりに侍《はべ》る臣下は、互《たが》いに足の引っ張り合いをしているだけだ。その臣下を一掃《いっそう》しようにも、都で争いなど起きれば、火に油を注ぐ結果になるだけだ」

「でも……何か方法が……」

花琳は喉元《のどもと》まで出かかった言葉を懸命にのみ込んだ。

「方法か……。そうだな、三百年ほど前、《蒼》にはひとりの賢帝《けんてい》がおわした。名は雷牙王《らいがおう》という」

「雷牙王？」

驚《おどろ》いて目を見開くと、雷牙は自嘲気味に口元を歪《ゆが》めている。

「俺と同じ名前とは、皮肉なものだろう」

「そんなことは……」

「雷牙王の治世、《蒼》は栄えに栄え、民は皆、これ以上ないほど幸福だったという話だ。何かよい方法があるなら、その雷牙王にでも訊ねてみたいものだ。それに、雷牙王にはもうひとつ言い伝えがある。なんと、王のそばには伝説の守護聖獣がついていたというのだ」

「！」

花琳は息をのんだ。

しかし雷牙はそんな花琳には気づかず、さらに皮肉っぽく続ける。

「どうせなら、雷牙王を《蒼》の王にしたという守護聖獣、それがまた現れてくれぬかと思う」

花琳の心臓は激しく高鳴った。

「……そうして、俺に力を貸してくれるなら……まあ、ないな……。そんな夢みたいなことは起きるわけもない。俺にそんな資格があろうとは思えぬ」

「あるよ！」

花琳は思わず叫んだ。そして、雷牙の瞳をじっと見つめる。

「花琳……？」

訝《いぶか》しげに目を細めた雷牙に、花琳ははっと我に返った。

すべてを明かすことはできない。でも、これで取っかかりはできた。

「王獣《おうじゅう》……伝説の守護聖獣、きっといるよ。雷牙様になら、きっと力を貸してくれる。だから、探しに行こうよ」

「守護聖獣を探しに行く、だと？」

雷牙は虚《きょ》を衝《つ》かれたように訊ね返し、それから思いきり腹を揺《ゆ》すって笑い始めた。

花琳はどうしていいかわからず、高笑いを続ける雷牙を見つめるだけだった。

「ひどい……そんなに笑わなくても……」

「ははは、悪い……。ははは、守護聖獣と言い出したのは俺のほうだったな。しかし、あんなのは、ただの伝説だ。なのに、おまえが子供みたいに真剣《しんけん》な顔で守護聖獣を探しに行くとか言うから……ははは……」

「ほんとだよ」

花琳は困惑《こんわく》気味に雷牙を見つめた。

「ははは、まだ言うか……ははは、それがほんとなら、めでたしめでたしだな……ははは」

まったく信用していない様子の雷牙に、花琳は思わずむくれてしまった。

「ぼく、知ってるもの」

「何を知ってるって？」

「王獣の里」

ぽつりと漏《も》らすと、雷牙はふいに真剣な顔つきになる。

食い入るように見つめられ、花琳は我知らず心の臓が高鳴るのを覚えた。

とうとう言ってしまった。

でも、これは許されないことだ。

「おまえ、本当に知っているのか？」

「あ、……うん。でも、う、噂《うわさ》で……、違う。そう、言い伝えで……。そういう里があるって、言い伝えで」

「言い伝え？」

雷牙の目つきは、まるで花琳を信用していない。

思わず視線をそらしてしまったが、花琳は言葉を重ねた。

「天霊山《てんれいざん》の麓《ふもと》だよ」

雷牙は大きく息をついた。

「それが本当ならいいな」

ぽつりと漏らされた声は悲しげだった。

あるはずのない場所。でも、本当にあれば、どんなにいいかと思う場所。

雷牙の中ではそんなくくりになっているのだろう。

花琳は雷牙に向き直り、真剣に持ちかけた。

「ねえ、探しに行こうよ。一緒に王獣の里を探しに行こう」

雷牙はそっと花琳の頰《ほお》に両手を当ててきた。

大きな掌で顔をそっと包み込まれる。

雷牙の精悍《せいかん》な顔が間近にあって、視線さえそらせなくなると、さらに胸がドキドキした。

「おまえは不思議な子供だな。おまえと話していると、あるはずのない希望というものが生まれてくる」

「希望はあるよ。だから、行こうよ」

「そうだな。夢みたいな話でもいいか。どうせ、あてのある旅じゃない。おまえがそんなに行きたいなら、つき合ってやるか。王獣の里探しってやつに」

「ありがとう。雷牙様」

花琳は心からの感謝を込めて囁《ささや》いた。

雷牙はきれいな笑みを見せて、頬にあった手を花琳の頭に滑《すべ》らせる。

髪《かみ》も優しく撫《な》でられて、花琳は頬を赤く染めながら、ほうっと深く息をついた。

三

陽珂の大地の中央部は、急峻《きゅうしゅん》な山岳《さんがく》地帯となっていた。山頂は雲の遥《はる》か上、天をも貫《つらぬ》きそうな高山が何十となく重なり合っている。

花琳が目指すといった守護聖獣の里は、この広大な山の中にあるという。

実のところ、雷牙は花琳の言葉を信じたわけではなかった。

守護聖獣の伝説は、子供の頃に必ず聞かされるお伽話《とぎばなし》の類《たぐい》だ。玉《ぎょく》を口に咥《くわ》えて空を飛ぶ青龍《せいりゅう》、深山を駆け巡る麒麟《きりん》、それに、悪さをする子供は饕餮《とうてつ》に攫《さら》われ食べられてしまうぞとか、陽珂創世神話の他にも色々ある。三百年前の雷牙王の伝説も、そのうちのひとつだった。

守護聖獣を見つけるだけで国が豊かになるなら、これほどいいことはないだろう。

しかし、そんなことで成り立つほど、国の営みは甘くない。

ここ数年飢饉《ききん》が続き、人々の暮らし向きが苦しくなった。

けれども、天気などというものは、数年よい時が続けば、次には悪天候が続くものだ。この二、三年は、たまたま最悪に近い悪天候だったというだけだ。自然の理《ことわり》で、そういう年回りが巡ってきたというにすぎない。この先五十年後か、百年後には、また今と同じように悪天候が続くといったことがあるに違いない。

大切なのは飢饉に対する備えだが、これは国の 政《まつりごと》 に責があるだろう。

残念ながら《蒼》の朝廷《ちょうてい》は乱れており、それゆえ国中が苦難に喘《あえ》いでいる。

もし守護聖獣が見つかるなら、朝廷に巣くう獅子身中《しししんちゅう》の虫どもを一掃してくれるのか……。

領土を増やそうと虎視眈々《こしたんたん》と狙《ねら》っている《白》や《黒》を止めてくれるのか……。

雷牙は皮肉なことを考えて、内心で嘆息《たんそく》した。

馬鹿馬鹿《ばかばか》しい。

守護聖獣にどんな力があるかは知らない。

しかし、乱れた朝廷を粛清《しゅくせい》するのは、結局人間だろう。他国の侵略《しんりゃく》をいかに回避《かいひ》するかも、人間の外交手腕《しゅわん》にかかっている。

聖獣が高潔な官を選んでくれるのか？

正直で陰日向《かげひなた》なく民《たみ》に尽《つ》くす役人を選んでくれるのか？

圧倒的《あっとう》な武力で向かってくる敵を、さっと蹴散《けち》らす強い将を見出《みいだ》してくれるのか？

まさか、そんなことまで面倒《めんどう》をみてくれるはずがない。たとえ、そうやって、よき人材を配してくれたとしても、時が経《た》てばまた同じことのくり返しとなろう。

人は弱く欲深《よくぶか》い生き物ゆえ、自分の利益を優先するようになり、そのうち賄賂《わいろ》が横行して再び政が乱れるのは必至だ。

花琳のように、単純に守護聖獣がいると信じていられればいい。だが、雷牙は懐疑的《かいぎ》だった。

子供の頃に見た雷牙王の絵双紙《えぞうし》には、翼《つばさ》のある純白の獣《けもの》が描《えが》かれていた。だが、それはあくまで想像上の生き物で、確かに存在する証拠《しょうこ》などどこにもない。

それでも花琳につき合う気になったのは、自分ひとりの力では何もできないとの焦燥に駆られていたからだ。それに、結局のところ、国を救い民を救う道は、自分で見つけるしかない。

花琳は、雷牙の心など知らず、元気に道を進んでいく。

国境近くの街から十五日ほどかけて、ようやく高山の連なる土地へと入ってきたところだ。

「雷牙様、もうひとつ峠《とうげ》を越えると、村があるはずですけど、その前に暗くなっちゃいそうですね」

狭《せま》い峠道を歩きながら、花琳が声をかけてくる。

華奢な身体に見合わず、花琳はいくら歩いてもあまり疲れを見せない。時折、雷牙のほうが置いていかれそうになるほどだ。

ともかく、花琳が指摘《してき》したとおり、こんな山道では暗くなる前に、今夜泊まる場所を確保しておいたほうがいいだろう。

「よし。じゃあ、この辺で寝《ね》るのに適した平らな場所を探すか」

「はい」

雷牙が同意を示すと、花琳は勢いよく返事をする。

着ているものは決して粗末《そまつ》じゃない。花琳はかなり育ちがいいはずだ。それなのに、野宿をすると言っても、いやがりもせず、むしろ嬉々《きき》としている。

本当に、いったいどういう生まれなのか……。

雷牙は花琳の可愛い顔を見ながら、再び嘆息した。

考えてみれば、不思議な子供だ。いったいどこでどういう育ち方をしたら、こんなふうに無《む》邪気《じゃき》で物怖《ものお》じをしない子ができるか、不思議でたまらなかった。

色白の顔立ちには品がある。くっきりとした蒼《あお》の双眸が非常に印象的で、唇《くちびる》もふっくらしている。懸命《けんめい》に山道を歩いてきたせいで、薄《うす》い色の髪が少し乱れて頬にかかっているが、あとは疲労《ひろう》の色さえない。

おそらく花琳は、あの茶楼《さろう》の女将《おかみ》とはなんの関係もないのだろう。

だが、詮索《せんさく》はしないと約束したのだ。だから、身の上に関する話は、花琳のほうから口を開くのを待つしかなかった。

「雷牙様？」

じっと見つめていると、花琳は訝《いぶか》しげに首を傾げる。その仕草がまた可愛くて、雷牙は思わず口元をゆるめた。

「ぼく、小枝を集めてきますね」

「ああ、気をつけて行けよ。慌《あわ》てると、また転ぶぞ」

「はーい」

花琳はにっこり笑って、焚《た》き火用の枯《か》れ枝を集めに行った。

長い裾《すそ》を端折《はしょ》って元気に林の中へ入っていく後ろ姿を見ると、ついつい頬がゆるんでしまう。

雷牙はひとつ息をついて、炉の用意を始めた。

†

平地ではもう初夏になろうかという頃だったが、夜の山はかなり冷え込んだ。

大木の根元に枯れ葉を堆《うずたか》く集め、花琳を抱いてすっぽりと厚手の布にくるまる。獣除《けものよ》けも兼《か》ね、焚き火には太めの生木を入れてあるが、少しでも動くとたんに冷気が忍《しの》び寄ってきた。

花琳は雷牙の鎖骨《さこつ》のあたりに顔をつけたままで、ぐっすりと眠り込んでいる。まるで猫が擦《す》り寄っているかのような格好だ。

小さな生き物が好きだとの自覚はあるが、まさかそれに人間の子供まで含《ふく》まれているとは思わなかった。

いや、花琳はすでに若者と呼んでも差し支《つか》えないほどの年齢だ。なのに、無邪気に懐いてくるせいか、どうしても猫や犬を可愛がるように接してしまう。

そして細い身体を抱きしめていると、渇《かわ》いた心にも温かなものが満ちてくる気がした。

花琳の息が肌に触れ、雷牙はいつの間にか眠りの世界へと誘い込まれた。

そうして、どれほど経った頃か、ふと違和感を覚えて目を開けた。

しっかり腕を回していたはずなのに、花琳の姿がない。

いや、温かなものはまだ雷牙のそばにあって、それは何やらふわふわの毛で覆《おお》われていた。

掛《か》け布の中に潜《ひそ》んでいるのは、ちょうど大人の猫ほどの大きさで、雷牙はそれをしっかりと抱きしめていた。

まるで花琳が猫になってしまったかのようだ。

花琳、か……？

まさか、な……。いくらなんでも大きさが違いすぎる。

目を凝《こ》らすと、それはぼうっと白く輝《かがや》いていた。

どう見ても、純白の被毛《ひもう》を持つ猫だ。三角形の耳がぴくぴく動き、先端の色だけが少し濃くなっている。目を閉じて、本当に気持ちよさそうにすうすうと寝息を立てていた。そうして前肢《まえあし》を揃《そろ》えて、雷牙の喉元《のどもと》にちょこんと宛《あて》がっている。

いったいどこから来たんだ、この猫は？

いや、それよりも、花琳だ。花琳はどこへ行った？

雷牙は一瞬にして覚醒《かくせい》した。眠っている猫を抱いて、がばっと上体を起こす。

「花琳？　どこだ？」

そう声を出したと同時に、抱いていた猫がさっと腕の中から飛び出した。

その時一瞬目が合って、雷牙は息をのんだ。

見開かれた瞳は、どこまでも澄みきった蒼だ。

「おい！」

雷牙は思わず声をかけたが、猫は勢いよく林の中に駆け込んでしまう。

ちゃんと抱いておけばよかったと後悔《こうかい》したが、今は花琳のほうが気がかりだ。

雷牙は立ち上がり、あたりにくまなく視線を巡らせた。

焚き火はまだ小さく燃えている。その明かりに照らし出された範囲《はんい》には誰の姿もない。

「花琳、どこへ行った？　花琳？」

雷牙は大きな声で花琳を呼んだ。

けれども、あたりはしんと静まり返っているだけで、どこにも花琳の気配がない。時折、パチッと焚き火の爆《は》ぜる音がするだけだ。

「花琳、おい、どこだ？」

雷牙はさすがにひやりと肝《きも》が冷えるのを覚えながら、花琳の姿を捜した。

暗闇《くらやみ》の中で目を凝らしながら、徐々《じょじょ》に捜索《そうさく》範囲を広げていく。

途中でふいに物音がして、雷牙はさっと振《ふ》り返った。

すると先ほどの猫が何か布を咥《くわ》えて走り去っていくのが見えた。

待て。あれはなんだ？　花琳の着物か？　いったい、花琳はどこへ行った？

雷牙はさらに不安に駆られながら、猫が走り去ったほうへと足を向けた。

大木の幹の陰に蹲《うずくま》っている花琳を見つけたのは、焚き火の場所から五十歩ほど斜面《しゃめん》を登ったところだった。

「花琳、こんなところで何をしていた？」

雷牙はほっと胸を撫で下ろしながら問いかけた。

花琳は眠りにつく前と変わらずちゃんと着物を着て、自らを抱きしめるように、両腕を交差

させている。そして、しゃがみ込んだ体勢のまま、縋るように見上げてきた。

「どうした、こんなところで？　恐ろしい夢でも見たのか？」

雷牙は花琳を立たせ、しっかりと抱き寄せる。

「夢？……ええ、そうです。変な夢を見てしまって……でも大丈夫。もう平気……」

宥《なだ》めるように頭を撫でてやると、花琳は甘えるように縋りついてくる。

「大丈夫ならいいが……」

「ごめんなさい。心配かけて」

「そんなことはいい。ところで、この辺で白い猫を見なかったか？」

そう問いかけると、何故か花琳がびくりと震える。

そして雷牙の上衣を両手でぎゅっと握りながら、ゆっくり首を左右に振った。

「見てない。何も……」

答えた声も幾分《いくぶん》震えている。

雷牙の脳裏《のうり》をよぎったのは、とんでもない想像だった。

やはり、あの猫は花琳だったのか……？

逃げ出したと思った猫が戻ってきたのは、着物を取り返すためだったのかもしれない。

人間になった時、裸《はだか》では困る。だから慌てて着物を咥えていったのか？

そもそも花琳と初めて会った時もそうだった。子猫を拾い、夜中にそれが男の子になる夢を見た。

さっきの猫は、拾った子猫にそっくりな毛並みだった。あれからしばらく日にちが経つ。猫は成長も早い。あの子猫もきっと大きくなっているはずで……。

だが、雷牙は急いで荒唐無稽《こうとうむけい》な想像を打ち消した。

手妻《てづま》じゃあるまいし、花琳が猫になるなどあり得ない。子猫を拾った街だって、もう遥《はる》か遠くだ。

「いつまでもこうしていると冷えるぞ。さあ、まだ朝まで間がある。焚き火のそばでもう一度眠ったほうがいい」

気を取り直した雷牙の言葉に、花琳はこくりと頷いた。

素直《すなお》な花琳には本当に癒《い》やされる。

雷牙は華奢な肩をしっかり抱いて、焚き火のそばまで戻った。

今、腕に感じているこの感触こそ、揺《ゆ》るぎのない現実だ。

あの猫はただ暖が取りたくて、たまたま紛《まぎ》れ込んできただけだろう。花琳の着物を咥えていったように見えたのも、単なる錯覚《さっかく》だ。

雷牙は無理にもそう結論づけて、花琳に微笑みかけた。

†

山間《やまあい》の寂《さび》れた村にも、飢饉《ききん》の猛威《もうい》が襲いかかっていた。

四方に山が迫る狭い谷間に、粗末な家が三十ほど固まっている。

普段《ふだん》は狩りや山菜採りで生計を立てているのだろうが、悪天候が影響《えいきょう》しての不作は山間にも及んでいる。村全体が不気味な黒い影《かげ》に覆われているかのように陰気《いんき》だった。

雷牙と花琳が村の中に足を踏《ふ》み入れると、痩《や》せ細った村人は恐怖《きょうふ》に駆られたように逃げていく。

不審《ふしん》に思いまわりに目を凝らすと、粗末な家々には明らかな破壊《はかい》の跡《あと》が残っていた。中には焼かれてしまったらしい家もある。

「どうしたんだろう？　みんな、ぼくたちを怖がっているみたい」

「たぶん、山賊《さんぞく》にでも襲われたのだろう。だから、よそ者を極端に警戒《けいかい》しているのだ」

「山賊に襲われた……」

花琳が思わずといった感じで身を寄せてくる。

雷牙も村の異様な雰囲気には、何を答えようもなかった。

だが、その時ふいに、赤《あか》ん坊《ぼう》を襤褸《ぼろ》でくるんだ女が物陰から姿を現した。女はふらふらとこちらへ近づいてくる。

花琳はぎゅっと雷牙の袖《そで》を握った。

「……食べる物……ください。……何か、食べる物、分けてください。お願いです。この子にやる乳がもう出ないんです。お願いですから……この子に何か食べる物……」

女は嗄《しわが》れた声で言いながら、花琳に向かってぬうっと片手を伸ばしてきた。

「あ……っ」

「おい、待て」

女の手が花琳の着物をつかむ寸前、雷牙はさっと花琳を背中に庇《かば》った。

「お、お願い……です」

「悪いが、俺たちは食べ物を持っていない。この村で乾燥《かんそう》した芋《いも》でも分けてもらうつもりでいたぐらいだ」

雷牙がそう説明すると、女は精も根も尽《つ》き果てたといった感じで、へなへなと地面にしゃがみ込む。

「だ、大丈夫ですか？」

花琳は慌《あわ》てたように雷牙の後ろから飛び出し、女の様子を覗《のぞ》き込む。そして力尽きたような女の腕《うで》から、襤褸にくるまれた赤ん坊を取り上げた。

「おい、花琳」

雷牙は止めようとしたが、花琳はすでに赤ん坊を抱《だ》いている。

腕が変わったというのに、赤ん坊は泣く気力さえない様子だった。

「大丈夫だよ。元気を出して」

花琳は優しく話しかけながら、赤ん坊をあやしている。

「大丈夫か、花琳？」

「雷牙様、なんとかならないかな？」

花琳に泣きそうな目で言われ、雷牙は地面にへたり込んでいる母親に声をかけた。

「この村で、山羊《やぎ》とか牛とかを飼っている家はないのか？」

「村長《むらおさ》の家には山羊がいます」

「じゃあ、この子にその山羊の乳を飲ませれば！」

花琳は嬉しげに叫んだが、女は力なく首を左右に振る。

「無理です。村長の家族の分だけで、余分はとても……。私のように貧しい者には分けてもらえません」

「この状況では、それも仕方ないな」

「でも、それで諦めるなんて……。なんとかお願いしてみようよ。村長の家はどこ？　ぼくからも頼んでみるから、案内して」

花琳の申し出にも、女はさして反応を示さない。どうせ無駄なことだと思っているのだろう。

雷牙も懐疑的だった。幾ばくかの金を握らせれば、あるいは……。だが、村の状態が逼迫《ひっぱく》しているなら、それも難しい。

けれども花琳は熱心に女を急《せ》かして歩き始める。雷牙もそのあとを追った。

村長の家といっても、他の家とさほどの違いはない。

声をかけると、建付の悪い扉《とびら》が細く開けられ、若い女が様子を窺うように顔を覗かせた。

年格好からすると、この家の嫁《よめ》か。着ているものは質素だが、赤ん坊の母親よりはよほど血色がいい。それに女は妊娠《にんしん》しているらしかった。

「あの、こんにちは。申し訳ないですが、この子にお宅の山羊の乳を分けてあげてもらえませんか？」

花琳は真摯《しんし》に頼み込んだ。しかし、若い女はすぐさま首を左右に振る。

「とんでもない。山羊の乳は貴重品です」

「でも、この子はずっと何も口にしていないそうなんです。だから、お願いです！」

赤ん坊を抱いた花琳は真剣《しんけん》に重ねたが、それでも、女は頑《かたく》なに首を振るだけだった。

「対価なら払うが？」

雷牙も横からそう口を挟《はさ》んだが、結果は同じだった。

「お金を貰っても、駄目なものは駄目です。私たちだって生きてかなくちゃいけないんだから！」

推測が的中し、雷牙はぎりっと奥歯を嚙《か》みしめた。

お金に反応を示さないくらい、事態が深刻だということだ。身重《みおも》の身体ならば、それも当然のことだろう。

飢《う》えた赤児《あかご》に何かしてやれることはないか。

雷牙は懸命に頭を働かせた。しかし、今から山へ入ったとしても、食料になるものがすぐに見つかる保証はない。それに、花琳のことも案じられる。可哀想な赤児に同情するあまり、花琳までつらい思いをするかもしれない。

だが、花琳はめげた様子を見せず、若い女に片手を伸ばした。

右手で赤ん坊を抱き、左手で女の手を握って、再び願い事を口にする。

「ね、ほんの少しでいいから、分けてください！　ね？　山羊なら大丈夫だと思う。この子に少し分けてあげても、乳が涸《か》れたりはしないよ？　分けてあげれば、きっと前よりもっと乳が出るようになるから……お願い、ね？」

やわらかな囁き声だった。何故か頭の芯《しん》まで響くような、甘い声だ。

こんな声で願い事をされれば、多少の無理をしても聞いてやりたくなる。

雷牙がふとそんな思いに駆《か》られた時、まさに目の前で女が反応した。

「……それなら、少しだけ……」

渋々《しぶしぶ》とではあったが、許可を出した女に、雷牙は驚きの目を向けた。

花琳は「お願いね」と囁いただけだ。なのに、頑なだった女が一瞬にして態度を軟化《なんか》させたのだ。

花琳には、人を動かす不思議な力がある。

花琳は母親の腕に赤ん坊を返し、それから励《はげ》ますように背中を押しつつ、身重の女のあとに続く。

いったん家から出て裏手に回ると、頑丈《がんじょう》な囲いの中に痩せた山羊が繋《つな》がれていた。

若い女は器用に山羊の乳を搾《しぼ》り、それを受けた木の椀《わん》と小さな匙《さじ》を痩せた女に渡す。

「あ、ありがとうございます！　ありがとうございます！」

痩せた女は涙をこぼしながら、山羊の乳を受け取った。

囲いのそばに木箱が置いてあり、そこに座ってさっそく赤ん坊に山羊の乳を与える。

花琳はそばにつききりで、女が乳をやるのを手伝っていた。

手持ちぶさただった雷牙は、やや離れた場所でその様子を眺めた。

身重の若い女は雷牙の隣で、ぼんやりとした様子で立っている。

「……私……どうして、貴重な乳をあげたりしたんだろ……よその赤ん坊にあげる余裕《よゆう》なんて、ないはずなのに……どうして……？」

低い呟《つぶや》きが耳に達し、雷牙は眉をひそめた。

女は今になって乳をやったことを後悔《こうかい》しているが、どことなく様子がおかしい。

以前にも、これと似たような表情をしていた者がいたはずだ。

しかし、記憶《きおく》を探《さぐ》ろうとした時に、花琳が明るく声をかけてくる。

「赤ちゃん、山羊の乳、飲んだよ？　それで少し元気になったみたい。ほら、泣き声、聞こえてきたでしょ？」

花琳は跳《は》ねるように雷牙のそばまで来て、するりと腕を絡《から》ませてくる。

確かに、弱々しくはあるが、赤ん坊は泣き始めていた。

「花琳、おまえ……」

「何？」

花琳は無邪気《むじゃき》に見上げてくるだけだ。

そしてにっこり微笑《ほほえ》まれて、雷牙は違和感を追及することを断念した。

やつれた母親は赤児に山羊の乳を飲ませ、幾分《いくぶん》安心した様子を見せているが、それも一時《いっとき》のことだ。

「金で解決しないのはわかっているが、村長に会って話してみよう。少しぐらいなら持ち合わせがある。それを使って若い者に食料を買いに行かせれば、少しは持ち堪《こた》えられるだろう」

「えっ、ほんとに？　雷牙様が話してくれるの？」

嬉しげな花琳に、雷牙は深く頷いた。

「よかった！　これで、あの赤ちゃんの心配をせずに、先に進めるね」

「先に進むって、おまえ、まだ諦めずに行く気か？」

「だって、悲惨《ひさん》なのは、この村だけじゃないでしょう？　雷牙様がお金をいっぱい持ってても、国中は助けられない。やっぱり王獣《おうじゅう》の里に行かないと」

花琳は「守護聖獣」のことを、時々「王獣」と呼ぶ。

お伽話《とぎばなし》では「守護聖獣」の他、単純に「守護獣」あるいは「聖獣」とも呼んだりするが、「王獣」という言い方は珍《めずら》しかった。

それに花琳のこの熱意は、どこから来るのだろうか？

守護聖獣の里に行けば、何もかもうまくいく。

花琳はそう信じきって、少しも守護聖獣の存在を疑っていない。

「雷牙、様？　ねえ、ぼくと一緒に行くよね？」

黙り込んだ雷牙を気にしてか、花琳の声が心配そうになる。

守護聖獣の存在はいまだに信じられなかった。それでも、花琳の熱心さを見ていると、信じてみてもいいのではないかという気にさせられる。

己《おのれ》の力ではどうにもならぬ現実に絶望しそうになるが、それも花琳の微笑みで緩和《かんわ》される。

「ああ、おまえと一緒に行くさ。そう約束したからな」

「よかった」

花琳は心底安心したように呟いて、またにっこりときれいに笑った。

花琳のその微笑を見つめながら、雷牙は思っていた。

守護聖獣を探しに行くのは、花琳と一緒にいたいからだ。そして花琳がそばにいてくれれば、心の平安が保てる。

自分が何もしなかったせいで《蒼》の国が乱れた。その苦い後悔と重圧から、少しでも解放されるからだった。

身重の女の案内で、雷牙と花琳は村長に会った。

白い髭《ひげ》を生やし窪《くぼ》んだ目をした村長は、雷牙が金を預けると、ほろほろと涙をこぼした。

狭い部屋には頑丈なだけが取り柄《とえ》といった木の卓子《たくし》と、背もたれのない椅子《いす》が置かれているだけだ。他に人の影《かげ》もなく、しんとしている。

山の実りに見放されるようになって、働き手の男たちは皆、仕事先を求めて里へ下りていったという話だった。村に残っているのは女子供《おんなこども》と年寄りのみ。ただでさえ無防備だったところに荒《あら》くれ者がやってきて、食べる物を根こそぎ奪《うば》っていったという。

村人に生気が感じられないのも無理のないことだった。

「旅のお方、ご厚意《こうい》、ありがたく受け取らせていただきます。男手はありませんが、女たちも山道に慣れているので、すぐにも麓《ふもと》の街へ行かせます。これで残った村の者も命を繋ぐことができるでしょう」

雷牙が差し出した金子《きんす》を、村長は両手を震わせながら受け取った。

花琳は先ほどから何も言わず、雷牙が話を進めるに任せている。

身重の嫁が温めたお湯を持ってくる。親切に報《むく》いるための食事さえ用意できないことを、村長はしきりに謝るが、雷牙は気軽に椀を受け取って喉《のど》を潤《うるお》した。

「ときに、少々ものを訊ねるが、この先の山にも村があるのか？」

「はい。ここより西に道を取れば、まだふたつほど村落がございます」

「いや、俺たちは天霊山の方角に向かっている」

高山の重なりの中でも一番中心にあって、一番高い山が天霊山だ。天霊山は陽珂大陸の臍《へそ》とも呼ばれ、昔から天帝《てんてい》がおわす天界への入り口になっているとの言い伝えもあった。

「天霊山へ向かわれているとはまた……。それでしたら、ここが最後の村になりますが」

雷牙の問いに、村長は訝《いぶか》しげな表情をしながらも静かに答える。

「ここが最後、か……」

雷牙はなんとはなしに花琳の様子を窺《うかが》った。けれど、最後の村だと聞いても、可愛らしい面《おもて》には少しも動揺《どうよう》が見えない。

そして再び口を開いたのは、村長だった。

「村ではありませんが、この先にも人のいる場所はあります。昔、金の採れた採掘場《さいくつ》がございまして、とっくに閉山したにもかかわらず、そこに棲《す》みついている者たちがおります」

「閉鎖《へいさ》された鉱山で、いまだに金を掘《ほ》り続けているのか？」

「いいえ、閉山した直後はごく稀《まれ》に金が出たとも聞きますが、それはもうずいぶん昔の話です。鉱山跡《あと》に棲みついているのは、都で罪を犯《おか》し逃げている者たちだとの噂《うわさ》です。先日この村を襲ったのもそこの連中でした」

村長は深いため息をつく。

「いくら身を隠《かく》すためとはいえ、何故こんな山奥に……」

雷牙はなんとなく引っかかりを覚えて眉根《まゆね》を寄せた。

山賊《さんぞく》になって人を襲うつもりなら、もう少し街道寄りの場所を選ぶはずだ。近くの村も、おそらくここと同じ状態だろう。襲ったとしても、対して成果を挙げられないはずだ。

しかし、そういう自分たちも、あるかどうかわかりもしない里を探して旅を続けている。

「ところで長殿《おさどの》、この山に守護聖獣の里があると聞いたことは？」

雷牙は核心《かくしん》を衝《つ》く問いを発した。

そばで花琳がはっと息をのむ。

村長はいかにも意外なことを聞いたとばかりに、真っ白な眉をひそめた。

「守護聖獣とはまた……」

「聞いたことはないか？」

雷牙は花琳へも目を移しながら問いを重ねた。

「守護聖獣とは……ずいぶんと懐《なつ》かしい言葉じゃ……」

「懐かしいとはどういう意味だ？」

「いや、わしがまだ子供の頃《ころ》じゃ。村にひとり変わり者の男がいてな。珍しい獣《けもの》などを捕《と》って、高値で売る猟師《りょうし》だった。獲物《えもの》は主に雪豹《ゆきひょう》だったが、ある日突然《とつぜん》、雪豹よりもっとすごい獲物がいると、夢中で山を探し回っていたそうじゃ。村の年寄りは、それは守護聖獣ではないのかと、男を諌《いさ》めた。しかし男は年寄りの忠告に耳を貸さず、ある日を境にしてぷっつり消息を絶ってしまった。それだけのことよ」

「まさか、その人は聖獣を捕らえようとしていたのですか？」

花琳がたまらなくなったように口を挟《はさ》む。

村長は花琳に目を向け、ゆるりと首を振《ふ》った。

「何しろわしがまだ子供の頃じゃ。詳《くわ》しい経緯《けいい》は知らん。しかし、村の年寄りに言わせれば、聖獣などを追い回すから、罰《ばち》が当たったのじゃとな。わしが聞いたのはそれだけよ。あんたたちは何故、聖獣のことなど訊ねなさる？」

「ぼくたちは聖獣の里を探しているのです」

「聖獣の里を探す？」

村長は心底呆《あき》れたように問い返してきた。

だが、そのあと深いため息をつく。

「この世に守護聖獣が現れれば国が栄《さか》える……。昔、年寄りからよく聞かされたものだ。三百年前の雷牙王の時代もそうだったそうじゃ」

「雷牙王？」

花琳が思わずといった感じで口を挟む。

そして期待に満ちたような視線を向けられて、雷牙は胸の内で嘆息《たんそく》した。

「雷牙王は聖獣によって選ばれた方ゆえ、大変な賢王《けんおう》であられたそうだ。しかし、とても現実とは思えませんな。もし、この世に聖獣がいるなら、何故、今この時に現れてくれぬ？」

怒《いか》りのこもった声に、雷牙も同じことを思う。

花琳は何か言いたそうにしていたが、雷牙はそろそろ潮時だろうと腰《こし》を上げた。

絶望の淵《ふち》にある者に、これ以上夢のような慰《なぐさ》めを語ったところでいいことはない。

村長の家を辞したあと、花琳がすぐに不安げに訴《うった》えてくる。

「王獣《おうじゅう》は絶対にいる……っ。もう少しなんだ。だから、ここで帰るなんて言わないで」

「どうして俺が帰ると？」

「だって、雷牙様、信じてないんでしょう？　王獣のこと」

泣きそうな目で縋《すが》るように見つめられ、雷牙は思わずぎくりとなった。

「何もそうむきになることはないだろう。俺だって、聖獣がいればいいと思っている」

「ほんとに？」

「それじゃ、この先も旅を続けていい？」

「ああ、おまえがそうしたいなら、一緒に行こう」

宥《なだ》めるように頰《ほお》に触《ふ》れてやると、花琳はようやく強《こわ》ばりを解く。

一番山奥にあるという村の長でさえ知らない守護聖獣の里……。

なのに花琳だけは、不思議なほど一途《いちず》に信じている。

何もかも謎《なぞ》だらけな花琳だが、ここまで来たら、気が済むまでつき合ってやるまでだ。

†

山間《やまあい》の村を出たふたりは、さらに険しい山道を黙々《もくもく》と登った。

一日に進める距離《きょり》は大したことがない。食料も村では手に入らなかったので、途中で猟をしたり、食べられる草や木の根などを採取したりしながらの旅だ。

花琳は魚以外の生き物を口にしないので、兎《うさぎ》や雉《きじ》などを食べるのは雷牙だけだ。

今も、腹の足しにはなりそうもない松の実を口にしている花琳に、雷牙は不安な目を向けた。

「おまえ、それだけじゃ、そのうち倒れてしまうぞ。どうしても兎は食えないか？」

「うん、ごめんなさい。兎は無理。食べられない」

花琳は力なく首を左右に振る。

心なしか顔が青ざめているのを見て、雷牙は眉間《みけん》に皺《しわ》を寄せた。

「ほんとは、俺が食べているのもいやなのだろう？」

「ううん、大丈夫。見てるだけなら平気だから」

花琳は慌てて言い訳した。

自分に気を遣《つか》ってくれてのことだろう。しかし体格のいい雷牙は、とてもじゃないが松の実だけで生きてはいけない。

「じゃあ、悪いが気にせずに食うぞ」

雷牙はそう断って、兎の肉を煮込んだ鍋に手を伸ばした。

花琳には申し訳ないと思うが、腹に収めれば活力の元となる。幸い塩はまだ手持ちがあったので、こってりと美味い煮込みだった。

「ぼくね、最近少し身長が伸びたんだ」

「そんなものしか食ってないのにか？」

雷牙が疑《うたぐ》り深く目を細めると、花琳はむきになったように言い返してくる。

「だから、今は松の実だけしかないけど、成長したのは今までの分の蓄積《ちくせき》があるからだよ」

口を尖《とが》らせる花琳はまだまだ子供だ。

「どこが成長したんだか」

「背が伸びたって、言ったでしょう？　それに、まだ完全に成……、違《ちが》う、ええと大人だ。完全に大人になったとは言えないけど、もうすぐだよ。だって、身体《からだ》の中に力が溜《た》まっていくのを感じるもの。時々身体が芯《しん》から燃えてるみたいに熱くなるし……だから、ぼく、もうすぐ大人になるよ？」

花琳を不思議な子供だと思うのは、こういう時だ。

言い回しが極《きわ》めて独創的だ。

「そこまで言うなら、あとで背を比べてみるか？」

「うん、いいよ。でも、雷牙様には負けるに決まってるけど……」

花琳は悔《くや》しげに言いながら、またひと粒《つぶ》松の実を口中に放り込んだ。

雷牙にしてみれば、何もかも可愛いものだと思う。

そして雷牙は、いつもそんな花琳に慰められていた。

†

小さな事件が起きたのは、翌日の夜、いつもどおり抱き合って眠《ねむ》っていた時だ。

その夜、暖を取りつつ食事をしたのは、岩壁《がんぺき》に穿《うが》たれた洞穴《ほらあな》でだった。

途中で雨が降り出してどうなることかと思ったが、幸いにも寝泊《ねと》まりが可能な洞窟《どうくつ》が見つかった。充分《じゅうぶん》に広さがあるので焚き火もできるし、中に積もった土も乾いている。それに焚き火が消えても、まだ内部にはじんわり暖気がこもっているという、理想的な仮宿だった。

雷牙はぬくぬくと人肌《ひとはだ》の温《ぬく》もりに包まれ、心地《ここち》よい睡魔《すいま》に身を委《ゆだ》ねていたが、夜中にふと花琳が小さく呻き声を上げる。

「くっ……うぅ」

苦しげに身体を折り曲げ、歯を食い縛っている花琳に、雷牙はぎょっとして飛び起きた。

「どうした？　どこか具合が悪くなったか？」

「うぅ……」

呼びかけても、花琳は苦しげに息を継《つ》いでいるだけだ。

慌てた雷牙は手早く松明《たいまつ》を灯《とも》し、花琳の顔を覗《のぞ》き込んだ。

「どうした？　腹でも痛いのか？　どこが苦しい？」

「いやだ、照らさないで……っ」

明かりを当てると、横たわった花琳が焦ったように顔をそむける。

雷牙はいやがる花琳の頬にそっと掌を当てた。

「おい、やっぱり熱くなってるぞ」

花琳の頬、それに額、首筋も確かめたが、明らかに熱っぽい。風邪でもひいてしまったかと、雷牙は心底焦りを覚えた。

こんな山中で病気になられたら、もうお手上げだ。所持しているのは傷薬と腹痛に効く薬のみ。薬草の知識もある程度身につけているが、平地と違って採取は不可能だろう。

しかし、花琳は涙で潤んだ目で、必死に見つめてきた。

「ち、違う……。なんでもない、から……っ。は、離《はな》して……っ」

息も絶え絶えといったふうに叫んだかと思うと、次の瞬間《しゅんかん》には激しく身をよじって、雷牙の腕から逃げようとする。

「花琳！」

雷牙は暴れる花琳を懸命に押さえた。

そうして揉《も》み合っていた時、偶然《ぐうぜん》花琳の下肢《かし》が雷牙の腿《もも》に触れた。

雷牙ははっとなった。

花琳のこの熱は、病《やまい》ではないかもしれない。

「いやだ。離してよ」

「花琳、おまえ……身体を見せてみろ」

雷牙は暴れる花琳の両手首をつかみ、掛け布の上に無理やり仰向《あおむ》けで寝かせた。

少々乱暴だったが、足も自分の膝《ひざ》を使って押さえ込む。

「やだ。……いやだ……っ」

花琳は涙を吹《ふ》きこぼしながら訴えたが、雷牙は確信を持って下衣の中心に触れた。

水色の布地を可愛らしく持ち上げているものがある。掌でそっと包んでやると、花琳はびくんと大きく腰を震わせた。

「う、くっ……」

小さな呻きとともに、さらに泣きそうに顔を歪める。

雷牙は思わず、にやりと笑みを浮《う》かべた。花琳はただ単に兆《きざ》していただけだ。

「花琳、身体が熱くなったんだな。だが、これは病気でもなんでもない。こうなったのは初めてか？」

雷牙は花琳の中心をそろりとなぞり上げてやった。

ぶるぶるっとひときわ強く身体を震わせた花琳は、どうしていいかわからないといったふうに涙を溢《あふ》れさせた。

物慣れない様子を目にして、愛しさが込み上げてくる。

この年齢で初めてとは、なんと初《うぶ》なことか……。

「花琳、泣くな。大人になれば、誰でもこうなる。だから何も心配しなくていい。だいいち、背が伸びたと自慢《じまん》していたのはおまえだろう？」

優しく宥めると、花琳はようやく縋るように見つめてきた。

「ほ、ほんとに……？　みんな、こうなるの？」

「ああ、そうだ」

「ら、雷牙様も？」

「ああ、俺だってなるぞ」

しっかり頷いてやると、花琳の蒼い目にまた新たな涙の粒が盛り上がる。

「でも……っ、身体が熱い……。ど、どうすれば……ひ、っく」

嗚咽《おえつ》を上げる花琳は本当に可愛らしい。

雷牙は額と頬に乱れかかっていた薄い色の髪を、優しく払い除《の》けてやった。

「何も心配しなくていい。俺が全部、教えてやろう。男なら誰でもこうなる。だから、どうやって治めるかも、みんな一緒だ」

「どうすればいいの？　教えて……」

花琳はようやく安堵《あんど》したように言う。

「それじゃ、俺の言うとおりにしろ。いいな？」

念を押すと、花琳はこくりと頷いた。

雷牙は花琳の身体を抱き起こし、胡座《あぐら》をかいた間に後ろ向きで座らせた。

「さあ、楽にして。裾をめくって、熱くなった場所を見せてみろ」

「み、見せる？　そ、そんなの、恥ずかしい……っ」

花琳は息をのみ、いっぺんに身体を緊張《きんちょう》させた。

雷牙は背中からそっと抱き込んで緊張が解けるのを待ってやる。

「さあ、そっとだ。怖いことはしないから、俺に見せてみろ」

そう声をかけて、雷牙は水色の下裳《かしょう》の裾に手を伸ばした。

そろりそろりと下に重ねた下衣と一緒にめくると、すんなりとした白い足が剝き出しになる。

細く引き締まった健康的な両足だ。

そうして、全部の衣類を押し上げると、とうとう硬く張りつめたものがあらわになった。

「……っ！」

花琳は羞恥《しゅうち》のためか、耳までさっと赤く染める。

雷牙は怖がらせないように、できる限りそうっと可愛らしい中心をつかんだ。

「あっ」

触れただけで快感が走ったのか、花琳は甘い声を漏《も》らす。

その声に思わぬ色香《いろか》を感じて、雷牙の心の臓まで怪《あや》しくざわめいた。

一瞬、むちゃくちゃに可愛がって、もっと甘い声を出させてやりたいとの衝動に駆られたが、それを懸命に自制する。

十以上も歳《とし》の離れた花琳を相手に、そんな大人げない真似《まね》はできない。

「花琳、ここが熱くなった時は、手でこうやって優しく擦《こす》ってやるんだ。どうだ、気持ちがいいだろう?」

雷牙は言葉とともに、花琳にやり方を教えた。

小さくてまだ可愛いものが、雷牙の愛撫《あいぶ》に応《こた》えて精一杯《せいいっぱい》に張りつめる。何度か幹を擦ったただけで、先端からじわりと蜜《みつ》が滲《にじ》み出した。

「あ、そんな……っ」

驚いた花琳がびくっと腰を引きかける。

雷牙は空いた手でその腰を押さえ、様子を見ながらそろりと腿の内側まで掌を滑《すべ》らせていった。

「花琳、楽にしてていい。俺に背中を預けていろ。それから、力を入れずにもっと足を広げるんだ」

花琳の赤くなった耳が、ちょうど雷牙の口元にある。

そっと息を吹きかけるように囁くと、耳がますます赤くなった。そして花琳は、思わずといった感じで両膝《りょうひざ》を閉じようとする。だが雷牙は一瞬早く、少し強めに幹を擦り上げた。

「ああっ……！」

花琳は押し殺した悲鳴を上げて、背中を反らした。

腰をぐんと突き上げたのは本能からだろう。

そして何もかも初めての花琳は、たったそれだけの刺激《しげき》で精を噴《ふ》き上げてしまった。

「やっ、……何か出ちゃった……違《ちが》……っ、ぼく、こんなの違う。やだ、恥ずかしい。見ないで……っ、あぁ、や、あ……っ」

解放に導かれた花琳は、どうしていいかわからないといったように身を震わせる。

白濁《はくだく》を噴き上げ、粗相《そそう》をしてしまった気になっているのだろう。

「さすがに早いな」

「ぼく、ごめんなさい……っ、こんなこと、ごめんなさい」

「大丈夫《だいじょうぶ》だ。こうやって子種《こだね》を身体の外に出すんだ。恥ずかしいことじゃない」

しゃくり上げる花琳を宥《なだ》めつつ、根元から再度擦ってすべてを絞《しぼ》り出してやる。

「うう……ぅ」

花琳は小刻みに震え、それから精も根も尽き果てたというように、ぐったりと背中を預けてきた。

初々《ういうい》しい様子を見せつけられて、雷牙の身体にも熱が溜まりそうになる。しかし、ここで花琳を襲うわけにもいかない。

「花琳、気持ちよかったか？」

「ん」

「もう一回してやろう」

「えっ、もう、いっかい？」

舌足らずに訊《たず》ね返してくる花琳が愛おしい。雷牙は花琳の手を取って、濡《ぬ》れた場所に導いてやった。

「さあ、今度はおまえも一緒にやってみろ」

「一緒に？」

「そうだ。一緒に握《にぎ》って擦るんだ」

言葉とともに、幹に手を添《そ》えさせると、花琳がまたぶるりと震える。けれども精を吐《は》き出したばかりの花芯《かしん》もまた、むくりと頭を起こした。

「あ……っ」

自らの変化を手で感じて驚いたのか、花琳が息をのむ。

「さあ、やってみろ」

「ん……っ」

花琳の手をつかんで幹を擦らせると、鼻にかかった甘い喘《あえ》ぎが漏れる。

可愛らしい反応に、再び身体が熱くなりそうで、雷牙は内心でため息をついた。
最大に自制して、花琳を達《い》かせることだけに集中する。
そうして、洞窟《どうくつ》の中の夜は甘い喘ぎとともに、更《ふ》けていったのだ。

四

日中は懸命《けんめい》に険しい山道を歩き、夜は雷牙の温《ぬく》もりに包まれて眠る。

王獣《おうじゅう》の里を目指して旅をするようになってから、もうひと月近くが経《た》っていた。

逞《たくま》しい雷牙は本当に頼もしい道連れだ。

花琳がうっかり崖《がけ》から足を滑らせた時も、すぐに助け上げてくれたし、谷川にかかった吊《つ》り橋が壊《こわ》れ、ふたりで急流に落ちてしまった時も、怪我《けが》がないようにちゃんと守ってくれた。

それに雷牙は強いだけではなく、食料を探したり火を起こしたりするのも得意で、野宿が続いてもなんの不自由もない。

狭い里の中しか知らずに育った花琳にとっては、毎日が新鮮な驚きの連続で、楽しくて仕方なかった。

そのうえ最近では、夜だって色々と助けてもらっている。

最初に自慰《じい》を教えられた時は、本当に恥ずかしくてどうしようかと思った。

でも雷牙は、不慣れな花琳を笑ったりせずに、優しく導いてくれる。だから、この頃では羞恥よりも、雷牙に触れてほしい気持ちのほうが上まわってしまったぐらいだ。

夜の営みを脳裏《のうり》によぎらせた花琳は、自然と頬を染めた。

すると、ふいに雷牙が振り返り、目が合ってしまう。

「なんだ、どうした？　赤い顔をして」

「なっ、なんでも、ない……っ」

花琳は慌《あわ》てて視線をそらした。

昼日中《ひるひなか》から自慰のことを考えていたと知られたら、それこそ恥ずかしい。

大人になった者たちが、ああいう密《みそ》か事をやるものだとは、まるで知らなかったのだ。

身体は徐々《じょじょ》に大人へと近づいている。今はもうほとんど大人といっていいほど成長した。花琳の中のもうひとつの部分も変化し始めている。

しかし花琳には、完全な大人となるために、成し遂《と》げなければならない使命があった。

それまでは真の意味で大人とは言えない。

だが、楽しいばかりの旅も、そろそろ終わりが近づいていた。

あと二、三日も歩けば目的の場所——王獣の里への入り口に到着するだろう。

そして里に着けば、もう花琳は雷牙とは一緒にいられなくなる。

何故なら、雷牙を里に連れていくことこそ、花琳に課せられた使命だったからだ。

里に着けば、もうお別れしないといけなくなる。

雷牙を待っているのは、花琳とは別の個体だからだ。

それこそ半端《はんぱ》な自分などとは違って、何もかもが完璧《かんぺき》な者が……。

そして、その選ばれし者がこれから先、ずっと雷牙のそばにあって助けていくのだ。

花琳の使命は雷牙を里に送り届けた時点で終わる。その後、自分はまったく雷牙にとって必要のない存在となるのだ。

もう雷牙に会えないなんて、そんなのいやだな……。

使命を果たして大人になるのは嬉《うれ》しいことだが、その先を考えると寂《さび》しくて仕方ない。

ふいに沈《しず》み込んだ花琳を心配して、雷牙が顔を覗《のぞ》き込んでくる。

「元気がないな。どうしたんだ？」

「ううん、なんでもないよ？　ぼく、元気だから。それに雷牙様と一緒だと楽しいし」

花琳は雷牙を心配させまいと、無理やり笑《え》みをつくった。

「楽しいだと？　まったく……。おまえはおかしなやつだ。いかにも育ちがよさそうなのに、野宿を苦にもしない。そんな細い身体をしているくせに、驚くほど敏捷《びんしょう》で持久力もある。このところ、腹一杯食べてもいないくせにな……」

雷牙はそう言って、わざとらしいため息をついた。

本当は、花琳が無理に明るい振りをしたのをわかっているのだろう。

雷牙には鋭いところがあって、完全に誤魔化《ごまか》しきれたとは思わない。それでも雷牙は、必要以上に詮索《せんさく》せずにいてくれる。

花琳は急に甘えたくなって、雷牙の腕にしがみついた。

「なんだ、今度は俺に甘えてるのか？」

「うん、ぼくは雷牙様が大好き」

「俺を持ち上げても、何も出ないぞ？」

「だって、本当のことだもの」

「まったく……おまえには敵《かな》わない」

雷牙はそうぼやいたが、先ほどとは違って、花琳の気持ちは弾《はず》んでいた。

あと少しの間しか一緒にいられないなら、一瞬《いっしゅん》だって無駄《むだ》にできない。一緒に過ごせる時間を精一杯《せいいっぱい》楽しめばいいのだ。

雷牙の腕に自分のそれを絡《から》ませて、林の中の細い道を行く。

しばらくして、突然視界が開けた。

「わあ、すごい！」

花琳は思わず歓声《かんせい》を上げた。

目の前にあるのは、ゴォーッと音を立てて流れ落ちる滝だ。落差はさほどないが、水勢は強い。あたりに飛び散った飛沫《しぶき》が陽射《ひざ》しに照らされて、虹《にじ》ができていた。

「きれいな虹！」

花琳は思わず駆け出した。

滝の下は流れのゆるい瀬になっている。

それを見た瞬間、なんだか無性《むしょう》に水浴びがしたくなってしまった。

花琳は水辺の手前にあった平らな大岩の上で、いきなり身につけていたものを脱《ぬ》ぎ始めた。

「おい花琳、何をする気だ？」

あとを追いかけてきた雷牙が、慌てたように声をかけてくる。

振り返った花琳は満面の笑みを見せた。

「水浴び！　すごく気持ちがよさそうだから」

「ま、待て！　それは雪解け水だ。冷たいぞ。いくら陽射しが強いと言っても、入れば凍《こご》えてしまう。やめておけ」

「ううん、大丈夫《だいじょうぶ》。ぼく、慣れてるから。だって虹の下で水浴びできるなんて、気持ちよさそうでしょ？」

花琳は雷牙が止めるのも聞かず、大岩の上で手早く全裸《ぜんら》になった。

そして流れの中に、勢いよく飛沫を上げて飛び込む。

「わっ、冷たい！」

注意されたとおり、水はかなりの冷たさだった。けれど汗ばんだ肌がきりりと引き締まる感じで、とても心地《ここち》よい。

「大丈夫か、花琳？」

「冷たいけど気持ちいいですよ？　雷牙様も一緒にどうですか？」

花琳は水中から大きく手を振った。

雷牙は呆れたように腕組みをして、こちらを見ている。

そのうち、ふと自分が全裸だったことを思い出し、花琳は急に羞恥《しゅうち》を覚えた。

それを誤魔化すように、頭から水の中に潜《もぐ》る。

透明度《とうめい》が高く、陽の光が川底まで届いていた。岩のそばには藻《も》が生えており、流れに乗って揺《ゆ》らめいている。

岩陰からすっと小魚が飛び出して、花琳は思わず手を伸ばした。

捕まえようと思ったわけではないが、つい夢中で追いかけてしまう。

そうして戯《たわむ》れていた花琳だが、息が苦しくなって浮上《ふじょう》した。

「あっ」

小さく叫んだのは、大岩の上で雷牙が背負っていた荷物を下ろしていたからだ。

水面に頭だけ出して見ていると、雷牙は次々に着ていたものを脱いでいく。

自分の誘いに乗って一緒に水浴びをしてくれる気になったのだ。

花琳は逞しい裸身があらわになっていくのを、食い入るように見つめた。

厚い胸板《むないた》と逞しく盛り上がった肩。腹は引き締まり、長い両足で立つ雷牙は本当に見応《みごた》えがあった。

雷牙は後ろで束ねていた黒髪も、うるさげにほどいてしまう。滑《なめ》らかな筋肉に覆《おお》われた背に、その髪がばさりとかかり、花琳ははっとなった。

雷牙の背に、何か痣《あざ》のようなものが見える。右の肩から腰まで走った痕《あと》は、大地に突き刺さる稲妻《いなずま》を連想させた。

花琳はさらに、下肢《かし》の中心にもちらりと目を向けてしまい、急激に羞恥を覚えた。

雷牙は別に興奮しているわけではないが、自分のものとは比べものにもならない大きさだ。

逞しい裸身をさらした雷牙は、すぐに水の中へと入ってきた。

「雷牙様！」

花琳はその雷牙に向けて、両手いっぱいにすくった水を投げかけた。

「花琳、何をする？　冷たいだろう」

「でも、気持ちいいでしょ？」

さっと腕を曲げて顔を隠《かく》した雷牙に、花琳はさらに大量の水をかけた。

「こいつめ、それならお返しだ！」

雷牙は怒ったように言い、水中にザバリと両手を突っ込んだ。

「わあっ！」

花琳はすぐに水を浴びせられ、悲鳴を上げた。

雷牙に攻《せ》められると、目を開けていることもできない。もともと手の大きさが違う。本気を出されては敵うはずもなかった。

「どうだ、まいったか？」

「わ、降参！　降参です！」

勢いに押された花琳は足を滑らせ、後ろにどっと倒れ込んだ。

川底に手をついて体勢を保ったが、その時、飛び出ていた岩に手を強く擦《こす》りつけてしまう。

「痛……っ」

思わず声を漏らすと、すぐに雷牙が気づいてそばまで来る。

「どうした？」

「ん……なんでもない。ちょっと、ここが……」

雷牙の手で水中からすくい上げられた花琳は、痛みを感じた小指を見せた。

第二関節のところの皮がほんの少しだけ剝《む》けて、じわりと血が滲《にじ》んでいる。

「すまん。俺のせいだ。悪ふざけが過ぎた」

雷牙はそう言ったかと思うと、次の瞬間には花琳の膝裏《ひざうら》をすくって横抱きにする。

「あっ」

声を上げた時にはもう、しっかりと岸辺に向けて運ばれていた。

乾いた大岩の上に座らされ、傷ついた手をつかまれる。

「さほどひどくはないな。痛いか、花琳？」

雷牙は熱心に傷を調べているが、花琳は何故か息をするのも苦しくなった。

あまりにも間近に精悍《せいかん》な顔があって、心の臓がドキドキする。

「こ、これぐらい、舐めておけば治るから……っ」

花琳は胸を大きく喘《あえ》がせながら訴えた。

「舐めておけばいいのか？」

雷牙はそう言って、いきなり花琳の小指を口に含んだ。

「ああっ」

驚いて引っ込めようとしたが、手首を強くつかまれていて果たせない。それどころか、雷牙は含んだ小指にねっとりと舌を這《は》わせてくる。

「あ……んっ」

慣れない感触《かんしょく》に、花琳はぶるりと全身を震わせた。

寒いわけじゃない。むしろ身体の芯がかっと熱くなった。

息を詰《つ》めていると、ちゅっと指を吸われる音が耳につく。川の流れのほうがずっとうるさいはずなのに、雷牙の舌が立てる音だけが気になった。

「も、……いいから……は、離して……っ」

花琳はあえかに訴えた。

すると、ようやく雷牙が指を口から出した。それでもまだ手首がつかまれたままで、傷を子細に観察される。

「大丈夫のようだな。血は止まった」

「あ、ありがとう……」

「なんだ、これぐらいで、泣きそうになって」

「ち、違う！　こ、これは水に濡れてたから……っ」

花琳は懸命に首を左右に振った。

身体中が熱くて、目が潤《うる》んでいるのが自分でもわかる。でも、雷牙が近くにいるから、そして雷牙に指を吸われたせいでこうなったのだとは認めたくなかった。

それを認めてしまうと、きっと大変なことになる。

しかし、花琳の思わぬ変化を先に見つけたのは、雷牙のほうだった。

「花琳、おまえ……」

低い呟《つぶや》きとともに視線を落とされて、花琳ははっとなった。

もともと全裸だった。だから隠しようもなく、それが目に入ってしまう。

「やっ、違……ぅ、こんなの……違う、からっ」

花琳は焦《あせ》って股間《こかん》を隠した。

腰をくっと曲げ、両手でそこを覆っても、今さら誤魔化《ごまか》しようがない。

花琳はこんな時だというのに、兆《きざ》していたのだ。

どうして見境もなく、張りつめてしまうのだろう。何故、雷牙が見ているこんな時に、熱くなってしまうのか……。

なんだか自分がものすごく情けなく思えて、花琳は我知らず涙をこぼした。

きゅっと唇を噛《か》みしめると、雷牙が頰に触れてくる。

「馬鹿だな、こんなことぐらいで泣くな」

「だって、ぼく……なんにもしてないのに、恥ずかしい」

「誰でもなることだと言っただろう。別に恥ずかしいことじゃない」

そう宥《なだ》められても、花琳はまだ納得《なっとく》できなかった。

もしかしたら、自分だけがこんなふうに淫《みだ》らな身体をしているのではないかと思うと、恐ろしくなる。

「ほんとに、誰でもなるの？」

「ああ、そうだ」

「それじゃ、雷牙様も、なる？」

無邪気《むじゃき》に訊ねると、何故か雷牙は息をのむ。

ふとそばにかがんでいた雷牙のそこに視線をやって、花琳は目を見開いた。

「あ……っ」

雷牙のそこが見事に反り返っていくのを、まともに見てしまったのだ。

花琳は思わずごくりと喉《のど》を鳴らした。

雷牙の剛直《ごうちょく》は、自分のものとは比べものにならない逞しさだ。太さと長さが格段に違うし、えらが張って黒々とした幹には太い筋まで走っていた。天を向いたそれは、何かを狙《ねら》っているかのように、獰猛《どうもう》に張りつめていく。

じいっと魅入《みい》っていた花琳は、ふっと雷牙を見上げた。

視線が合うと、ひときわ大きく心の臓が跳《は》ね返る。

雷牙も食いつきそうに見つめ返してきたが、ややあってふいにその視線がそらされた。

「花琳、やり方は教えたはずだ。自分で始末しろ」

雷牙は急に冷え冷えとした声を出し、花琳は戸惑《とまど》った。

雷牙も自分と同じようになるのだと思うと嬉しかった。それなのに雷牙はさっさと立ち上がり、川の中に戻ろうとしている。

花琳は我知らずその雷牙の手をつかんで引き留めた。

「なんだ？　もう自分でできるだろう。いつまでも俺に甘えるんじゃない」

雷牙は振り向きもせずに冷え冷えと吐《は》き捨てる。

花琳はほとんど無意識に、雷牙の腰に抱きついた。

「違う。ぼくがするから」

「何？」

「いつも雷牙様にしてもらってるから、ぼくが雷牙様のをする」

さらりと言ってのけると、雷牙は一瞬《いっしゅん》にして凍《こお》りついた。全身を強《こわ》ばらせ、膝立ちで雷牙の腰をかかえている花琳をゆっくり振り返る。

「手を離せ、花琳」

「いやだ。ぼくだってできるもの。だから、ぼくにもさせて？」

花琳はそう言って、縋《すが》るように雷牙を見上げた。

決して計算尽《ず》くの言葉ではない。自分だけそうなるのが恥ずかしかったのに、雷牙も同じだとわかって単純に嬉しかった。だから、自然とそう訴えていたのだ。

しかし雷牙は厳しい表情で、花琳の手を引き剝《は》がしにかかった。

「離せ、花琳。ふざけるのはよせ。おまえは何もわかっていない」

「雷牙様、どうして？　どうして、ぼくがしちゃいけないの？」

「ほんとに、おまえは手に負えんな。いいか、おまえは無邪気に言うが、俺が冷静でいられるにも限度がある。子供のくせに、おまえは妙《みょう》な色気がありすぎる。これ以上俺を煽《あお》るなら、あんな手淫《しゅいん》ごときでは終わらんぞ」

静かに怒りを燃え上がらせた雷牙に、花琳はきょとんとなった。

「それって、どういうこと？」

「わからないか？　おまえと身体を繋《つな》げると言ってるんだ」

雷牙は怒ったように吐き捨てた。

それでも花琳には理解を超《こ》えた話だ。

「でも、ぼくは男だし……雷牙様だって……」

「人間は、好き合っていれば、男同士でも身体を繋ぎ合う。自然界でも稀《まれ》には、牡《おす》同士が媾《まぐわ》うことがある」

思ってもみなかったことを言われ、花琳は蒼い目を瞠《みは》った。

だが、驚きや嫌悪《けんお》よりも先に、身内をひたひたと満たしたのは喜びだった。

「じゃあ、雷牙様とぼくも身体を繋げられる？」

「花琳……おまえ……」

雷牙は何故かたじろいで、呻《うめ》くような声を出す。

「雷牙様がしてくれるなら、どんなことだって嬉しい」

それでも真摯《しんし》に言ってのけると、雷牙は愕然《がくぜん》としたように身体を揺らした。

「おまえは……知らないんだ。だから、馬鹿みたいなことを言う」

「馬鹿みたいじゃないよ。だって、ぼくは雷牙様のこと、好きだもの」

花琳は必死だった。

今、雷牙を引き留めないと、この先どうなるかわからない。そんな恐怖《きょうふ》にも似た感情にとらわれていたのだ。

雷牙はゆっくり振り返った。そして花琳の両肩をぐいっとつかみ、無理やり立ち上がらせる。

「花琳、おまえは何も知らない。だから俺が抑《おさ》えていられるうちに、俺から逃げろ。好きだ、などという言葉を安易に使うな」

雷牙はそう言って刺すように見つめてくる。

熱っぽい眼差《まなざ》しを浴び、花琳は胸を震《ふる》わせた。

本当は怖い。でも、雷牙ともっと親密になりたい。そう思う気持ちのほうが強かった。

「ぼくは雷牙様が大好きだ。嘘《うそ》じゃないよ？　だから、雷牙様が教えてくれるなら、どんなことでも受け入れる」

「くそ……っ」

呻くように漏らした雷牙に、花琳はさらに重ねた。

「好き……ぼくは雷牙様が、好……んんっ」

最後の言葉はいきなり合わされた雷牙の唇に吸い取られた。

驚きで思わずびくんと震えるが、雷牙は容赦《ようしゃ》なく唇を貪《むさぼ》ってくる。

「んぅ……っく」

口接は、好き合う者同士がするものだ。

花琳にもその程度の知識はあったが、雷牙のこれは想像外だった。

雷牙は花琳の唇を強く塞《ふさ》いだだけではなく、表面を舌で探ってくる。そのうえ、花琳が喘《あえ》いだ隙に、雷牙の舌は口中にまで滑り込んできた。

「あ、んっ……うぅ」

口を合わせたまま、舌までいやらしく絡《から》まされ、花琳はどうしていいかわからなかった。

雷牙の舌は淫らに動きまわり、そのたびに息が苦しくて胸が上下する。

ねっとり絡んだ舌を根元から吸われると、身体の奥に得体の知れない疼《うず》きが生まれる。

足からくったり力が抜け、花琳は懸命に逞しい身体に縋りついた。

その拍子《ひょうし》に雷牙の剛直に触れてしまい、あまりの熱さにもびくりとなってしまう。

花琳の身体もこれ以上ないほど熱くなっていた。

雷牙は好き放題に花琳の口中を貪ってから、唐突《とうとつ》に口づけをほどく。

「は、んっ……はっ、……っ」

花琳は激しく呼吸をくり返しながら、雷牙の胸に倒れ込んだ。

もうまともに立っていることもできない。

「怖いなら、俺から逃げろ。いいな？　警告はこれが最後だぞ？」

「や……っ、逃げたり……しない」

息も絶え絶えに答えると、雷牙は、鋭く舌打ちした。

そうして次の瞬間、花琳の視界がぐるりと回った。

「あっ」

雷牙は花琳を横抱きにし、それからそっと大岩の上に横たえた。

頭上からは燦々《さんさん》と陽の光が降り注いでいる。

眩《まぶ》しさの中で、最初から一糸まとわぬ姿。すべてを雷牙の視線にさらしているかと思うと、どうしようもなく羞恥《しゅうち》にとらわれる。

けれども雷牙だって、自分と同じで身体を熱く変化させているのだ。

花琳にはそのことだけが支えだった。

「子供だとばかり思っていた。なのに、おまえはいつの間にか俺を虜《とりこ》にしていた。この歳《とし》になって、まさかこれほど執着《しゅうちゃく》させられるとは……」

「雷牙様？」

「花琳、できるだけ優しくしてやろう」

「うん」

こくりと頷くと、ようやく雷牙が笑みを見せる。

そうして、雷牙の手が花琳の素肌をくまなくたどり出した。

最初に頰が撫でられ、その手は首筋や耳にも触《ふ》れてくる。雷牙は宥めるように花琳の唇を塞ぎ、それから掌を胸にも這わせてきた。

胸の尖りをきゅっとつまみ上げられて、花琳はびくんと震えた。

「んっ」

「可愛いものだ。しかし、小さいのに敏感《びんかん》に反応する」

雷牙はそう言いながら、硬く尖った胸の粒を指で弄《いじ》りまわす。

そのたびに、びくんびくんとおかしな疼きが生まれ、身体の芯《しん》まで伝わった。

「ああっ」

指での愛撫《あいぶ》に加え、雷牙は唇でも胸の尖りをかまう。ちゅるりと口中に含まれただけで、腰が震え、じっくり吸い上げられると、疼きが最高潮に達した。

「やあ、……っ」

じんじんする先端が、まるで別のものになったかのようだ。

胸への刺激で、花芯も大変なことになる。触れられてもいないのに、先端から大量に蜜《みつ》が溢《あふ》れていた。

そのうちに雷牙の口が胸から逸《そ》れ、舌の軌跡《きせき》が徐々に下降する。鳩尾《みぞおち》あたりを行き来したかと思うと、臍《へそ》の中まで舌先で舐められた。

どこに触れられても肌が燃えるように熱くなった。

そしてとうとう雷牙の口が花芯まで到達する。

「ああっ、いやぁ、……っ」

すっぽり根元から咥えられ、花琳は悲鳴を上げた。

あまりの衝撃で、ぐんと腰《こし》を突《つ》き上げてしまう。その反動でますます深く咥えられ、花琳は涙を溢れさせた。

「ああっ、そんな……とこ、いやだ……っ……、きたない……のに……っ」

必死に首を振って拒否しても、雷牙の口は離れていかない。

花琳は懸命に身をよじった。だが、濡れた髪が大岩の上に広がり、もつれてしまっても、雷牙の口淫《こういん》はやまなかった。

「いやだ……あ、ああっ」

花琳はそう叫んだが、気持ちがよくてたまらなかった。

すぐにも雷牙の口で弾《はじ》けてしまいそうだ。それなのに雷牙は意地が悪く、手できゅっと根元を押さえてしまう。

「やあ、っ……く、うぅ」

勝手に放出することも許されず、花琳は嬌声《きょうせい》を上げ続けるだけになった。

先端の窪《くぼ》みを舌で丁寧に舐められ、えらや幹にも刺激を加えられる。

雷牙は空いた手で、再び胸の粒にも触れてきて、花琳は狂《くる》ったように身悶《みもだ》えした。

「うぅ、く、ふ、っ、……ああ、んっ」

精を吐《は》き出せば一気に楽になる。天にも昇《のぼ》るみたいな心地《ここち》になれる。

その方法を教えてくれたのは雷牙だ。

だが、今のこれは度を過ぎていた。こんな快楽を味わうのは初めてで恐怖すら覚える。

気持ちがよすぎて、どうにかなってしまいそうだ。

「やっ、……もう、達《い》く……っ、達きた、い……」

涙ながらに訴えると、雷牙の口がようやく離れる。

「もう少し我慢しろ、花琳。今日はこっちも使う」

雷牙の声は優しかった。けれども触れられたのは、おかしな場所だ。後孔《こうこう》をそろりと指で探られて、花琳はびくりとすくんだ。

「大丈夫だ。よくほぐしてやるから。うまくやれば、もっと気持ちよくなれるはずだ」

「な、何を……するの？」

怖々訊ねると、雷牙は困ったように嘆息する。

だが、雷牙は宥めるように花琳の頭を撫で、それから腰に両手をかけてきた。

「あっ」

くるりと身体を返されて、うつ伏せの体勢を取らされる。そのうえ足を広げさせられたので、秘めやかな場所が全部、丸見えという格好になってしまった。

「おまえのここに、俺のを入れる。それで繋がるのだ」

雷牙は静かに教えながら、花琳の窄《すぼ》まりに指を這わせてくる。

「そんなとこ……っ」

信じられなくて目を見開いたが、雷牙の動きは止まらなかった。

「怖いか？」

改めて訊ねられ、花琳は気丈に首を左右に振った。

「怖くない。だって、全部、教えてくれるんでしょう？」

「ああ、そうだ。可愛いおまえにひどいことはしない」

「んっ」

優しい声を聞いて、花琳はほっと息をついた。

けれども、次の瞬間には、びくんとひときわ大きく震えてしまう。

恥《は》ずかしい窄まりに、雷牙の濡れた舌が張りつき、そろりそろりと様子を窺《うかが》うように舐められた。

「あ、くぅ……ううっ」

あんな場所まで舐められて、死ぬほどの羞恥にとらわれる。

けれども花芯を口淫された時と同じで、花琳には止めるすべもなかった。

雷牙は時折前にも手を回し、花琳の怯えを散らしながら後孔を溶かしていく。

「ああっ、……や、あ……っ」

中まで舌を入れられて、花琳は思わず仰《の》け反った。

それでも雷牙の愛撫はやまず、唾液《だえき》で濡らされた中に指も入れられた。

雷牙の動きは巧《たく》みで、決して無理なことはしない。ゆるゆると中をほぐされるうち、花琳は明らかに快感を覚えるようになっていた。

指が内壁の一点を掠めると、どうしようもなく感じてしまう。

「ああっ、やだ、そこ……ああっ」

反応を示すと、さらにそこばかり集中して弄られる。

指も二本、三本と増やされて、花琳はもう息も絶え絶えになっていた。

そうして頭まで真っ白になりかけた時、ようやく指を引き抜《ぬ》かれる。

「花琳、おまえとひとつになるぞ。いいな?」

雷牙は花琳を抱《だ》き起こし、耳に優しい囁きを落とす。

「んっ……」

朦朧《もうろう》としていた花琳は、あわく微笑んだ。

大好きな雷牙とひとつになれるなら、これほど嬉しいことはない。

そうして花琳は再び四つん這いの体勢を取らされた。

雷牙が双丘《そうきゅう》に手をかけて、大きく開いた両足の間に進んでくる。とろとろに蕩かされた蕾に、火傷しそうなほど熱く滾《たぎ》ったものが擦りつけられた。

「あ……っ」

思わず息をのんだ瞬間、ぐいっと狭い場所が割り広げられる。

「……ぅう……く、ぅぅ」

逞《たくま》しい雷牙は少しずつ、でも確実に奥まで進んできた。

「花琳、これでおまえは俺のものだ。いいな? おまえは俺のものだからな?」

最奥《さいおう》まで剛直《ごうちょく》を収めた雷牙が、背後から花琳を抱きしめ、甘く囁いてくる。

「……雷牙……様……」

花琳は雷牙にしっかりと抱きしめられて、こくりと頷いた。

身体の奥深くにも、熱い雷牙が埋まっている。

これが身体を繋ぐという行為……。

好き合う者同士が身体を繋げるという行為なのだ。

†

その夜、雷牙は滝の近くで野宿の準備を整えた。

明るいうちにもう少し距離を稼ぐことはできた。けれども雷牙は、花琳の身体に負担《ふたん》がかかってはいけないと言い出したのだ。

思いがけず身体を繋ぎ合ったあと、雷牙はものすごく優しくなった。花琳のほうはまだ恥ずかしさがやまず、目を合わせるのも怖いほどだ。

身体を繋ぐという行為が、どれほど親密で淫らなものか。そして、身体だけではなく胸まで燃えるように熱くさせるかを徹底《てってい》して教えられたのだ。

花琳には少しも後悔《こうかい》がなかった。たまらなく羞恥は感じるものの、それを上まわる幸せな気持ちに包まれている。

もっともっと雷牙と一緒にいたかった。

雷牙が大好きで、だからこそ、ずっと触れ合っていたかった。

そして、雷牙のほうも同じ気持ちでいてくれたなら、どんなにいいかと思う。

「さあ、花琳。こっちに来て、もう寝ろ」

優しく命じられ、花琳は羞恥を堪《こら》えて雷牙の下《もと》に近づいた。

大岩がちょうど庇《ひさし》のように張り出している場所があって、夜露《よつゆ》と風も避けられる。

雷牙はすでに平らな岩の上に長身を横たえている。掛《か》け布を少し持ち上げて、花琳が来るのを待っていた。

「雷牙様……」

そっと雷牙に寄り添《そ》うと、長い腕が絡んですかさず抱きしめられる。

花琳は雷牙の広い胸に赤くなった顔を埋《うず》めた。

夜になり大気は冷え切っているのに、雷牙に抱かれているだけで温かい。もう身体を繋げた時のような熱は感じなかったが、それでもどこかほかほかとしていた。

「花琳、これからも旅を続ける気か？」

「はい……続けます。雷牙様と一緒に」

「おまえと旅を始めて、もうずいぶんになるな」

「はい……」

雷牙の胸に顔を埋めた花琳はため息をつくように答えた。

「おまえがどうして俺のところに来たかわからんが、おまえがそうしたいと言うなら、どこまでもつき合ってやる」

雷牙の低い囁きが、ごく間近から響いてくる。

花琳を疑いつつも、雷牙は深く問い質《ただ》しもせず、そばにいさせてくれた。

雷牙の優しさと懐《ふところ》の深さに感謝しながら、花琳はいっそう甘えるように擦《す》り寄った。

いつまでも、こうしていたい。でも、王獣の里はもうすぐだ。

そして、里に着いてしまえば、花琳の役目は終わり、もう雷牙とは一緒にいられなくなる。

雷牙の体温が近くにあるせいか、その時のことを思うと胸が締めつけられたように痛くなる。

本当は、雷牙と身体を繋げてはいけなかったのだ。

雷牙に愛され、そばに置いてもらえるのは自分ではないのだから……。

王獣の里で雷牙を待つ者がいる。

花琳はその者の代わりに、雷牙を里まで案内しているにすぎなかった。

「花琳、どうした？　泣いてるのか？」

唇をきゅっと噛みしめていると、雷牙の手がそっと頬に当てられる。

そして指の先で濡れた頬を拭われ、花琳は初めて自分が涙をこぼしていたことに気づいた。

「な、なんでもない……なんでも、ないから……っ」

花琳は懸命に嗚咽《おえつ》を堪え、雷牙にしがみついた。

一刻も早く、雷牙を王獣の里まで案内しなければならない。

けれども花琳は、許されないとは知りつつも、そんな日が一生来なければいいと思いつめていた。

五

翌朝のこと――。

東の稜線《りょうせん》に陽《ひ》が昇《のぼ》ると同時に、雷牙は行動を開始した。

昨日は思わぬ成り行きで花琳を抱いてしまったが、さほど後悔は感じていない。

あるとすれば、花琳があまりにも年若いせいで、罪の意識を感じることぐらいか……。しかし、それも仕方のないことだったと、雷牙は達観していた。

何しろ、花琳は可愛らしすぎるのだ。最初に出会った時はまだほんの子供だったが、花琳は本人も主張するとおり、一緒に旅をしている間にずいぶんと成長した。身長も伸びたし、時折はっとするほど大人びた表情を見せることもある。

自慰《じい》を教えた時も、危うくそそられそうになったが、滝壺で裸身をさらし無心に泳いでいる姿を目にして、どうにも堪えようのない熱に駆られてしまった。

さすがに手を出すのはまずいと思い、なんとか回避しようとしたものの、花琳の魅力《みりょく》には結局抵抗できなかった。

しかし、起きてしまったことを今さら後悔しても始まらない。

こうなれば、最後まで責任を取るだけだ。

それに、花琳に対する愛しさは、さらに増している。

だから、ずっとそばに置いて、守ってやりたいと思う。

そして花琳が望むなら、聖獣の里探しにどこまでもつき合ってやるだけだ。

今まで生きてきたなかで、これほど心惹かれる存在に出会ったことはない。その初めての相手が、正体不明の花琳だったことにどこかおかしさを感じながら、雷牙は朝の支度《したく》にかかった。

高度が上がるにつれ、入手できる食べ物が少なくなる。この先もっと登っていけば、やがて背の高い樹木も消え、剝き出しの岩場に草や苔《こけ》が生えているだけといった状態になるだろう。

雷牙は手早く火を起こし、昨日滝壺で釣っておいた小魚を炙《あぶ》った。

ほんの数匹しか捕れなかった。腹の足しになるかどうか危うい感じだが、花琳が食べていた木の実も底をついている。

雷牙は香ばしく焼けた小魚の串を花琳に差し出した。

「これは全部おまえが食べろ、花琳」

「え？　雷牙様は？」

花琳は串を受け取りつつも、小首を傾げる。

「俺は干し肉を食うから大丈夫だ」

雷牙は背負い袋から出した干し肉を見せてから、おもむろにかぶりついた。

これが最後の食料だが、花琳を心配させたくない。

雷牙は余裕たっぷりの笑みを見せながら、干し肉を嚙み千切って胃袋に収めた。

食事を終え、滝壺で革袋に水を満たしたあと、再び山を登り始める。

この先に村はないとのことだったが、鉱山跡《あと》へ続く道はまだしっかりと存在していた。軟《やわ》らかい土が剝き出しになっている場所には、不自然なほど何人もの足跡が残っている。

村長から得た情報では、鉱山へ至る道は三本あるのだという。そのうちのひとつが、村から登ってきたもので、他《ほか》の二本は北と北東に存在する村に通じているらしい。

ともかく、村を襲《おそ》った荒《あら》くれ共がたてこもっているなら要注意だ。

「花琳、おまえの言う里は、まだ遠いのか？」

「もうすぐです。あの山を越《こ》えたあたりに」

花琳はすっと前方の山を指さした。

これまでいくつも峠を越えてきたが、前に立ち塞《ふさ》がっているのは、比べものにもならない急《きゅう》峻《しゅん》な山だ。樹木はほとんど生えておらず、切り立った山肌《やまはだ》が濃い藍色《あいいろ》に染まっている。ところどころに残雪が見え、そこだけが陽の光を反射させ輝いていた。

「まさか、あれを越えるのか？　道があるかどうかもわからんぞ」

雷牙はさすがにげんなりして、ため息交じりの声を出した。

「大丈夫です。途中の尾根《おね》まで行けば、あとは里に至る特別な手段がありますから」

花琳はなんでもないことのように言う。

凛《りん》とした雰囲気を漂わせている花琳に、雷牙は目を細めた。

ここまで何も言わずについてきたが、やはり、はっきりと確かめておいたほうがいいだろう。

「花琳、ひょっとして、おまえはその里の生まれか？」

静かに問うと、花琳ははっとしたように身を震わせた。

けれども何かを決意したように、ひとつ息をついてから、澄みきった蒼の双眸を雷牙に向けてきた。

「雷牙様、今まで黙っていてごめんなさい。雷牙様のおっしゃるとおり、ぼくは王獣の里で生まれました」

「王獣の里……おまえが言う王獣……守護聖獣は、本当に存在するのか？」

雷牙は呆然と問い返した。

「はい、王獣は存在します」

はっきり断言した花琳に、雷牙はしばらくの間、言葉もなかった。

花琳が普通の人間と違うことは、薄々わかっていた。だが、花琳が王獣の里の生まれで、しかも、本当にそんなものがいるとは、あまりにも都合がよすぎて信じる気にはなれない。

「まさか……冗談《じょうだん》、では……」

「違います！　冗談なんかじゃありません。王獣は存在します。ぼくは里の長《おさ》に命じられて、雷牙様を迎えに行って」

「俺を迎えに？　何故だ？」

雷牙は思わずたたみかけた。

「雷牙様こそ、《蒼》の王獣の主《あるじ》となる方だから」

「それはどういう意味だ？」

雷牙は鋭《するど》く花琳を睨《にら》み据《す》えた。

昔語りに聞かされてきた守護聖獣の話が本当だとしても、何故花琳が自分に近づいてきたのか、まったくわからない。花琳が嘘をついているとは思えないが、いきなり王獣の主だなどと言われても、信じられないし、納得もいかない。

「雷牙様には主となる資格があるから……です」

「どういう理由でそんなことを言う？」

「だって、雷牙様にはその徴《しるし》があるもの。雷牙王の血を引き、背中に……背中に雷牙の名を示すみたいな痕《あと》もあるでしょう？　雷《かみなり》が大地に牙《きば》を立てたような……だから、雷牙王と同じ名で呼ばれているのでしょう？　ぼくは長から命じられて、雷牙様をずっと見ていた。雷牙様は王となるに相応《ふさわ》しい方だ」

「俺の背にあるのは、ただの痣《あざ》だ。確かに俺は雷牙王の血筋に繋がる。俺の親は、赤児《あかご》の背中にそれらしい痣があるのを見て、雷牙王にあやかりたかったのだろう。しかし、それだけのことだ」

雷牙が冷ややかな声を出すと、花琳は何故か苦しげな顔で唇を噛む。

胸の奥には、やりきれない思いも芽生えていた。

花琳が可愛いと思い、ずっと一緒にいてやろうと思った。しかし、花琳が無邪気に懐いていたのは、それが使命だったからだ。

「王獣に選ばれた者が王になる。言い伝えはそうだったな？　だが、俺は王になる気はない」

雷牙は冷たく吐き捨てた。

「そんな……っ、雷牙様なら立派な王様になれる。そう思ったからぼくは雷牙様を……」

「ずいぶんと買いかぶってくれたものだな。俺などが王になってどうする？　おまえの見込み違いだ」

冷ややかな物言いに、花琳がさっと青ざめる。

いつもなら、花琳がこんな泣きそうな顔をすれば、すぐに胸に引き寄せて抱きしめていた。

しかし、胸にあるわだかまりのせいで、雷牙は手を伸ばすことができなかった。

花琳は両手をぎゅっと握りしめ、無言で縋るように見つめてくる。

それでも雷牙は花琳を抱きしめてやることができなかった。

だが、二人が気まずさにとらわれていたのは、ほんの一瞬のことだった。

「花琳、こっちへ来い」

雷牙は低く命じて、花琳の手を引いた。

「あっ」

花琳もまわりの気配に気づいたのか、雷牙の背後で身を震わせる。

いつの間にか、大勢の男たちに取り囲まれていた。

鉱山跡に巣くう荒くれ共か。

雷牙は素早《すばや》く男たちを見回した。そして次の瞬間、ぞっと背筋を凍りつかせた。

五人や十人といった数ではない。最初に岩陰から顔を覗かせた者に続き、さらに大勢の者がこちらへ向かってくる気配がする。

不覚だった。花琳に聞かされた話に動揺《どうよう》していなければ、もっと早くに気づけたかもしれないが、今からでは逃げ道を確保するのも難しい。

それでも、花琳だけはなんとしても守らねばならなかった。

「花琳、大丈夫だ。俺の後ろにぴったりくっついてろ。絶対に守ってやるから」

「雷牙、様……っ」

背後から聞こえた震え声に、雷牙はぎりっと奥歯を噛みしめた。

じりじりと距離をつめてきた大男が、嘲《あざけ》るような笑みを見せる。

「ほお、こりゃ、たまげたな。ずいぶんとまたお上品《じょうひん》な二人連れじゃねぇか。こんな山奥まで何をしに来たのやら」

「お頭《かしら》、後ろに隠《かく》れてる小僧《こぞう》は、女みたいにきれいな顔してますぜ？」

「ああ、俺もちらっと見えた。おまえら、小僧には傷つけるんじゃないぞ。あとのお楽しみがぱあになるからな」

「へい、わかりやした」

岩陰から顔を覗かせているのは、蓬髪《ほうはつ》に毛皮の羽織物をまとった汚《よご》れきった連中だった。そして皆が例外なく、花琳に対する邪《よこしま》な欲望を漲《みなぎ》らせている。

雷牙は腹の底から沸々《ふつふつ》と怒りが湧き上がってくるのを覚えた。

だが、この場を切り抜《ぬ》けるには冷静さが必要だ。ひとつでも誤りを犯せば、花琳を守り切ることができなくなる。

自分の身など、どうなろうとかまわない。花琳だけはなんとしてもこの場から逃がす。

強く決意した雷牙は腰の剣に手をやり、素早くあたりに視線を巡らせた。

敵は前面の三方から迫《せま》っており、背後には急斜面《きゅうしゃめん》が待ち受けている。だが、時間を稼ぐことができれば、なんとかなるだろう。

「花琳、今すぐ逃げろ。おまえなら、後ろの斜面を下りられる」

「雷牙様、いやっ！」

花琳が激しく首を左右に振ったのがわかり、雷牙は舌打ちしそうになった。

「花琳、俺の言うことを聞け」

「でも、雷牙様は？　雷牙様と一緒じゃなきゃ」

「花琳、俺なら大丈夫だ。むしろおまえがいては足手まとい。だから、先に逃げろ。東の城市でのことを忘れたか？　俺を信じて先に行け！」

「わ、わかりました」

厳しく叱咤すると、花琳はなんとか納得して雷牙から離《はな》れた。

斜面を駆け下る音を聞いて、雷牙はようやく息をつく。

「おやぁ、小僧は逃げ出したか……。ふん、そっちはすぐに崖《がけ》だ。逃げられっこない。まあ、おまえを片付けてから、ゆっくり助け出してやるさ。もっとも、そのあとまた逃げ出したくなるかもしれんがな、ははは……」

首領らしき大男が高笑いしながら、岩を乗り越えてくる。

荒くれ共は数の多さを恃《たの》みにするだけではなく、最初から雷牙を侮《あなど》っている様子だ。

男の言うとおり、花琳は急斜面で行動を制限される。なるべく時間を稼いでやらなければ、逃げ切れないだろう。

岩陰から出てきたのは、全部で十二人。それぐらいの数なら、どうということもなかったが、雷牙が気にしたのは、その向こうから迫ってくる気配だった。

背筋がぞくりとなるほどの圧力が、じわじわと近づいてくる。

雷牙にも覚えのあるこの気配は、統率《とうそつ》の利《き》いた集団の圧力だ。

これはなんだ？　まさか、軍隊か？

さしもの雷牙も、いやな予感に眉根を寄せた。剣を握る手にもじわりと汗が滲む。

とにかく、心配なのは花琳だ。

少しでも早く安全な場所まで逃げてくれ。

雷牙はそれだけを願いながら、ゆっくり長剣を抜いた。

「それっ、まずはそいつから血祭りにしろ！」

「おお！」

首領の掛け声に応《こた》え、二人の男が同時に飛びかかってくる。

得物《えもの》は短剣と刃《は》が丸く反った円月刀。雷牙はものも言わずに、二人同時の攻撃を躱《かわ》し、長剣の柄《つか》で強《したた》かに打ち据えた。

「ぐわっ！」

「ううっ！」

血を一滴《てき》も流すことなく、大男の身体がふたつ、どうっと岩の上に転がる。

「てめぇ、何をしやがる？」

口汚《くちぎたな》く罵《ののし》りながら、三人目の男が斧《おの》を振り上げ向かってきた。

雷牙は長剣を一閃《いっせん》させて斧の柄を真っ二つにし、そのあと男の利き腕《うでき》も斬りつける。

「ぐ、はっ！」

「ぐふっ！」

雷牙の動きは速く、瞬《また》く間に大男たちが倒れていく。

だが、五人、六人と倒して、それが七人目になった時、まずい変化が起きた。

いやな予感が的中し、恐ろしい数の新手が現れたのだ。

岩の上からずらりと顔を覗かせたのは、軍装の兵士だった。

「《白》軍かっ！　何故、こんな場所に？」

雷牙は向かってくる男を斬り伏せながら、呻くような声を出した。

こんな場所にいるはずのない軍だった。天霊山を中心とするこの山脈は、もちろん《白》の領土にも通じている。しかし、わざわざこんな辺鄙《へんぴ》な場所まで、何を目的として軍が入り込んできたのか、さっぱり見当がつかなかった。秘密裏《ひみつり》に《蒼》の領土を侵すためだとしても、ここまで奥地をとおる必要はない。

《白》軍は矢をつがえ、指揮官の号令とともに、容赦もなく雷牙を狙《ねら》い打ちにしてくる。

総勢三十人ほどの兵にいっせいに矢を射かけられ、さしもの雷牙も進退が窮《きわ》まった。雨あれのように飛んでくる矢は、いくら長剣で払ってもきりがない。

そのうえ恐ろしいことに、指揮官は崖を下り始めていた花琳にまで目をつけたのだ。

「何者かは知らんが、大人しくしろ。これ以上抵抗するなら、あの者を狙い打ちにするぞ」

《白》軍の軍装に身を包んだ指揮官は、髭面《ひげづら》ににやりと酷薄《こくはく》な笑みを浮かべて雷牙を脅す。

花琳を直接狙われては、どうしようもない。

雷牙は目の前が真っ赤になるほどの怒りに駆られながらも、仕方なく長剣を引いた。

「おまえたちはなんの目的でこんな山奥まで入り込んできた?」

雷牙は指揮官らしき男に向け、冷ややかな声を出した。

腸《はらわた》が煮《に》えくりかえっている。だが、ここで少しでも花琳を逃がすための時間を稼ぎたかった。

「貴様《きさま》こそ、何をしにこんな場所まで来た?」

髭面の指揮官は余裕たっぷりに答えながら、雷牙に近づいてくる。

軍を掌握《しょうあく》する力はあるようで、兵は雷牙に弓を向けたまま微動《びどう》だにしない。荒くれ共の残りも諂《へつら》うように指揮官を見ている。

「俺たちは迷い込んだだけだ。帰り道を探している」

雷牙は大嘘《おおうそ》を口にしたが、指揮官はふんと鼻を鳴らしただけだ。

「これだけの兵に囲まれていながらその余裕とは……貴様、ただ者ではないな。蒼人か?」

「いくら山奥だろうと、ここは蒼国だ。蒼人の俺がどこを歩こうが勝手だろう。咎《とが》められる覚えはない。おまえたちこそ、何故大挙して《白》から《蒼》へ侵入《しんにゅう》した？」

雷牙が言い返すと、指揮官はひくりと眉根を寄せる。

ひと目で《白》軍だと見抜《みぬ》いたことで、逆に不審《ふしん》を覚えたのだろう。

不利を承知で詰問《きつもん》を続けたのも、花琳のためだ。

しかし、雷牙の期待に反し、指揮官は花琳が下っていった斜面に目を向ける。

「おい、あの者に狙いを定めろ」

近くの兵にそう命じたせつな、雷牙は指揮官に飛びかかった。

だが、強かな指揮官は地面に倒され、首に長剣の刃を押し当てられても余裕の笑みを浮かべている。

「俺にかまわず、あの小僧を射ろ！」

「待て！　おまえたちの指揮官がどうなってもいいのか？」

雷牙はすかさず怒鳴《どな》り返した。

「ふん、無駄だ。《白》軍を見くびるな。俺がどうなろうと、奴《やつ》らは俺の命令に従う。小僧を殺されたくなければ、剣を引け」

すべてが不利な状況だった。この先どんなことになろうと、今この場で花琳を殺されるよりましだ。

雷牙は仕方なく剣を引いた。

「頼《たの》む。あいつは見逃してくれ」

「ふん、見逃せだと？　俺は貴様より、あの小僧のほうに興味がある」

指揮官はゆっくり身を起こしながら言う。

それでも雷牙は最後まで希望を捨てなかった。花琳は見かけによらず敏捷《びんしょう》だ。だからきっと逃げおおせてくれるはず。

しかし場数を踏んだ指揮官は、あっさり雷牙の希望を打ち砕《くだ》く。

「おい、そこの小僧《こぞう》。こっちへ戻《もど》ってこい！　さもないと、おまえの連れを殺すぞ！」

あろうことか指揮官は、花琳に向け、直接大声を張り上げたのだ。

「花琳、来るな！　逃げろ！　俺は大丈夫だ！」

雷牙は指揮官に負けぬほどの大声を出した。

花琳が指揮官の言葉に耳を貸さないように。それだけを願っていたが、すべてが裏目になってしまう。

花琳が崖をよじ登り、姿を現すまで、さほどの時間はかからなかった。

「雷牙様！」

「馬鹿《ばか》め、何故戻ってきた？」

駆け寄ってきた花琳を抱きしめながら、雷牙は言わずにおれなかった。

「ごめんなさい。でも、雷牙様がひどい目に遭《あ》わされるのはいやだ！」

叫んだ花琳は、雷牙にしがみついてくる。

「すまん。俺の力が足りなかったばかりに、おまえまで危ない目に遭わせてしまった。だがな、花琳。大丈夫だ。隙を見て、おまえだけは絶対に逃がしてやる。だから、心配するな」

雷牙はそう言って花琳を慰めてやるのが精一杯だった。

「貴様に訊きたいことがある。まさかとは思うが、貴様らも守護聖獣を探しているのか？」

思わぬことを問われ、花琳がびくりと震える。

雷牙はその変化を覚《さと》られないよう、さらに力強く花琳を抱きしめた。そうして、ゆっくり首だけを後ろに巡《めぐ》らせる。

「今、なんと言った？　守護聖獣を探している。そう言ったのか？　ははは、これは驚《おどろ》いた。《白》軍が大挙して、何をしにこんな山奥まで来たのかと思えば、守護聖獣とは……ははは」

雷牙は思いきり笑った。

指揮官は顔色を変えたが、かまわずに笑い続ける。

「笑って誤魔化《ごまか》す気か？　ふん、まあいい。そうやって笑っていられるのも今のうちだ。貴様らは鉱山に連れていく。そこでゆっくり尋問《じんもん》してやろう。さあ、こいつらを縛《しば》り上げろ」

発せられた命令に、すかさず兵が駆《か》け寄ってくる。

だが、今の雷牙には、それを阻止《そし》するすべがなかった。

†

後ろ手に縛られ、雷牙とともに連れていかれたのは鉱山跡だった。

岩壁に穿《うが》たれた穴は、ぱっくり裂けた魔物《まもの》の口を連想させる。その前の平らな場所に、いくつも《白》軍の天幕が設営されていた。

雷牙と花琳が放り込まれたのは、坑道《こうどう》の中に作られた牢《ろう》だった。岩盤《がんばん》をうまく利用して、太い木の格子戸《こうしど》が塡《は》め込んである。

後ろ手に縛られたまま、花琳は雷牙のそばに力なく座り込んでいた。

これからどうなるのか、不安でたまらない。

最後の村でこの鉱山跡のことを聞いた時、いやな予感に襲われたことを思い出す。《蒼》ではもう誰も王獣の存在を信じていないようだったのに、隣国《りんごく》の軍は邪《よこしま》な欲に駆られ、王獣を探していたのだ。

里へ至る道は普通の人間には見つけ出せない。里へは案内がなければ、絶対に入れないのだ。

里で生まれた者は、特別なことがない限り、里の中で一生を終える。花琳はたまたま長《おさ》から役目を与えられたが、ほとんどの者は外の世界を知ることなく暮らしている。

しかし、中には一度だけでもいいから外の世界を見てみたいと思う者もいて、こちら側へと渡ってくる。

その姿を人間に見られてしまったのだろう。

とにかく里への入り口が近い場所に、これだけ大勢の人間が押しかけてきたとは、長の話でも聞いたことがない。なんとかここを抜け出して、早く里に入らなければならない。そして、危険が迫っていることを伝えなければならなかった。

兄の蒼花《そうか》ならば、すぐにも《白》の兵を追い払《はら》ってくれるだろう。

「花琳、大丈夫か？」

雷牙が心配そうに訊《たず》ねてきて、花琳は思わず顔を歪めた。

「ぼくなら平気……でも、ごめんなさい、雷牙様。ぼくのせいで、こんなことになってしまって」

「それを言うなら俺のほうだ。おまえを守ってやるつもりが、こんな無様なことに」

雷牙は自嘲気味にため息をつく。

「ううん、違う。ぼくがいけないんです。ぼくにもっと力があればよかったんだ。ぼくはどうしようもなく未熟《みじゅく》で、力も弱くて……っ！　こんな時、兄様なら……、《蒼》の王獣になる兄様なら、どんなに大勢の敵がいても、一瞬で吹き飛ばしてしまえるのに！　ぼくには、兄様みたいな力がない、から……っ」

花琳は悔しさで涙を滲ませた。

「おまえの兄……？」

眉をひそめた雷牙に、花琳はこくりと頷いた。

本当は里の中に入るまで、明かしてはいけないことになっている。でも、里はもう目と鼻の先。それに、この状況だ。何よりも、雷牙にとって大切な存在になる者のことだ。少しぐらいなら教えてもかまわないだろう。

「《蒼》の王獣……雷牙様の王獣になるのは、ぼくの兄……です。生まれながらに強い力を持

って て……、だから、ぼくなんかとは全然違うんです」

情けなさと悔しさが胸に迫り、花琳は思わず唇を噛みしめた。

最初から比べものにもならない。

時を同じくして生まれた双子《ふたご》なのに、兄の蒼花は最初からまったく異なる存在だった。

姿も光り輝くように美しく、力も特別に強い個体だ。

だからこそ蒼花は、《蒼》の王獣になるべき存在として、皆から大切にされてきたのだ。

もし、自分にも蒼花と同じ力があれば、どんなによかったか……。

力さえあれば、蒼花ではなく、自分のほうが雷牙を助ける《蒼》の王獣になれたかもしれない……。

けれど、どんなに欲したところで、持って生まれた力の差はどうしようもない。

どれほど努力しようと、どんなに足搔《あが》こうと、自分は《蒼》の王獣になれない。

それは厳然たる事実だった。

「待ってくれ、花琳。おまえの兄が王獣だと？　それじゃ、おまえもそうなのか？　同じ王獣なのか？」

雷牙にそう訊ねられ、花琳は首を左右に振った。

「ううん、違います。兄様とぼくはまったく違うから……ぼくは力が弱くて、だから雷牙様を守ることもできない」

泣きそうになりながら訴えると、今度は雷牙が首を振る。

「花琳、おまえの言う力がなんなのか、俺にはさっぱりわからん。しかし、おまえはおまえだろう。おまえは充分に頑張っている。卑下《ひげ》することはない」

「雷牙様……」

花琳はたまらなくなって、涙を溢れさせた。そうして我慢できずに、雷牙の胸に顔を埋《うず》める。ふたりとも縛《いまし》められているせいで、抱きしめてはもらえなかった。でも雷牙に身を寄せると、温かな体温が伝わって、気持ちが慰められる。

「花琳、泣くな。……こんな有様では説得力もないが、おまえだけは絶対に助けてやる。だから、泣かないでくれ」

どんな時でも雷牙は希望を失っていない。

それに、たとえ縛られていたって雷牙は雷牙だ。力強く頼《たよ》りになり、そのうえこんなにも優《やさ》しい。

「ごめんなさい、雷牙様。ぼく、もう泣かない。だから隙を見つけて、ここから一緒《いっしょ》に逃《に》げましょう」

「ああ、そうだ。その意気だ」

雷牙に励《はげ》まされて、花琳はようやく息をついた。

悪いことばかり考えている場合じゃない。もともとの使命は、雷牙を無事に里まで連れていくことだ。

だったら、自分にできることはなんでも試《ため》してみるしかない。

花琳がそんな決意を固めた時、格子の向こうに、ふいに人影が現れた。

「おい、隊長がおまえらを改めて尋問するそうだ」

冷ややかな声をかけられて、花琳はぞくりと背筋を震わせた。

「さあ、立て！」

無理やり肩をつかまれて、雷牙のそばから引き離される。

「痛っ」

小さく叫ぶと、すかさず雷牙が威圧感たっぷりの声を出す。

「おい、乱暴に扱うな！」

雷牙は少しも恐れを見せず、迎《むか》えに来た兵のほうが逆にびくりと震えていた。

坑道の外まで連れていかれた花琳と雷牙は、指揮官の前で跪《ひざまず》かされた。

用心のためか、雷牙は三人がかりで押さえつけられている。

「さあ、今度は素直に吐いてもらうぞ。そこの小僧、おまえは守護聖獣のこと、何か知っているな？」

指揮官は床几《しょうぎ》に腰かけ、長剣の鞘を地面に立てている。酷薄そうな目で見据《みす》えられ、花琳はぞっと背筋を震わせた。

それでも気丈に首を振る。

「ぼくは何も知りません」

「素直に吐いたほうが身のためだぞ。痛い目には遭いたくないだろう」

にやりと口元をゆるめられ、花琳はますますすくみ上がった。

「おい、幼気《いたいけ》な子供を脅《おど》してどうする？　天下に勇名を轟《とどろ》かせているというのに、《白》軍には誇《ほこ》りも情けもないのか？　知りたいことがあるなら、その子ではなく、俺に訊け」

隣で雷牙が怒りのこもった声を上げる。

だが指揮官は、ちらりと視線を投げただけで、また花琳に向き直った。

「さあ、素直に吐け。さもないと、おまえを……いや、待て。そうだな……おまえじゃなく、あの男を拷問《ごうもん》にかけるというのはどうだ？」

わざとらしい笑みとともに言われ、花琳はぎくりとたじろいだ。

自分が痛めつけられるなら、それでもいい。絶対に秘密は明かさない。そう思っていたけれど、敵は思わぬ方向から攻撃をかけてきた。

花琳を責めて雷牙に話をさせるという道もあっただろう。だが、里のことを本当に知っているのは自分しかいない。この指揮官は鋭い勘を働かせ、一番効果的な方法を選んだのだろう。

「花琳、俺のことは心配するな」

雷牙が声をかけてきても、安心などできるはずもなかった。

秘密は明かせない。でも、雷牙を傷つけられるのも絶対にいやだ。

雷牙と一緒に旅をするようになって、花琳の中で眠っていた力がかすかに目覚めつつあった。まだちゃんと使えるかどうかもわからないほど、弱い力だ。

でも、それを試してみるとしたら、今この時をおいて他になかった。自分は弱いからと、言い訳をしている時でもない。

この場で雷牙を守れるのは自分だけだ。雷牙を守れないなら、この先生きていく意味もない。

花琳はそっとまぶたを伏《ふ》せ、己の内に潜む心気に意識を集中させた。

そうして、しばらくしてから、ゆっくりと視線を戻す。

目の前にいる指揮官だけをじっと見据え、心の中で命じてみる。

――今すぐ、我らを解放せよ。縄《なわ》を解き、兵を下がらせよ。

花琳の蒼い双眸に光が集中し、最後にはその光が白光となって弾け飛ぶ。

と、目の前の指揮官から急に覇気《はき》が失《う》せた。ぼんやりと焦点《しょうてん》の合わぬ目で、あらぬ方を眺め、不明瞭《ふめいりょう》な命令を口に乗せる。

「こいつらの縄を解け」

「隊長？　どうなさったのですか？　急に縄を解けとは」

そばに控えていた兵が、不審《ふしん》を覚えたように問う。

花琳はその兵にも目を向けた。

――指揮官に命じられたとおり、我らの縄を解け。そして、雷牙様に剣を返せ。

無言の命令に、兵はふらふらと動き出す。

雷牙の縄を解き始めた兵に、驚いた他の者が近づいてくる。

花琳は集まってきた兵を順に睨み、次々と命令を与えた。

縛めを解かれた雷牙は、呆然としたように花琳を見やった。

あり得ないものを見た驚きと、不審の入り混じった眼差《まなざ》しだ。

しかし、今はすべてを説明している暇《ひま》がない。

「雷牙様、さあ、早く逃げましょう」

「あ、ああ。そうだな」

花琳に促《うなが》された雷牙は即座《そくざ》にためらいを捨てて、行動を起こす。

兵が差し出した長剣を受け取って、自由になった花琳の手をぎゅっとつかんだ。

「雷牙様、こっちです」

「わかった」

「あの者たちは、すぐに追いかけてくるはず」

「それなら愚図愚図《ぐずぐず》している暇はないな」

花琳は雷牙に手を繋がれ、全速力で駆《か》け出した。

鉱山からさらに奥を目指し、ごつごつした岩が剝《む》き出しの場所を走る。

だが、慣れない心気を立て続けに使った花琳は、思った以上に体力を奪われていた。足元がおぼつかない。ひと足進むごとに息が上がって、大きくよろめいてしまう。

「ああっ」

なんでもない小さな石に躓《つまず》いた花琳は、どっと倒れそうになった。

地面に叩きつけられる寸前で、雷牙に抱き支えられる。

「花琳、俺に負《お》ぶされ」

「雷牙、様……。でも……っ」

「早くしろ」

雷牙は鋭く言って、花琳に背を向けしゃがみ込んだ。

今は遠慮《えんりょ》している場合じゃない。恥ずかしいなどとも言ってはいられない。

そう思い直した花琳は素直に、広く逞しい背中にしがみついた。

雷牙は花琳の体重などものともせずに、力強く岩場を疾走《しっそう》する。

「雷牙様、もうすぐです。少し右寄りに行ってください」

「ああ、わかった」

どれだけ走っても、雷牙は疲れを見せない。

花琳は頼もしい背中で揺られていることに喜びを覚え、雷牙の首に両腕を巻きつけた。

里への入り口は、もうすぐだ。里へ入ってしまえば、もう雷牙にこうして触れることもできなくなる。

だから、今は束《つか》の間の幸せに酔《よ》いたかった。

「花琳、行き止まりだぞ。この先は深い谷だ」

雷牙の声で、花琳ははっと我に返った。

前方に青い影《かげ》を見せているのは天霊山だ。頭上を仰《あお》いでも頂上は霞《かす》んで見えない。そして足元の谷も、深い霧《きり》に覆《おお》われ、見ることが敵《かな》わなかった。

「下ろしてください」

「ああ」

雷牙が腰を落とし、花琳は絡めていた腕をゆるめた。

崖《がけ》の突端《とったん》に立つと、下の谷から強い風が吹《ふ》いてくる。

花琳は下裳《かしょう》の裾《すそ》をはためかせながら、じっと雷牙を見上げた。

「雷牙様、ここが里への入り口です。ここから飛び下ります」

「なんだと？」

花琳の言葉に、さすがの雷牙も一瞬青ざめる。

眉根を寄せ、谷を覗いた雷牙は、すぐに花琳へと視線を戻した。

「本気か？」

「はい。ここが里への入り口です。……雷牙様、ぼくを信じてくださいますか？」

花琳は真摯に問いかけた。

雷牙の双眸は澄みきって、眼差しもまったく揺らがない。

「ああ、ここまで来たのだ。おまえを信じて、言うとおりにしよう」

「よかった」

花琳はほっと息をついた。そうして雷牙に向け、やわらかく微笑んだ。

強い風が吹き荒《すさ》ぶなか、徐々に転化が始まった。

人間だった花琳の輪郭《りんかく》がぼやけ、純白の影となる。そして白い霧のような固まりの中から、小さな獣の形が現れた。純白の被毛に包まれた優美な獣。耳と尾の先だけが、ほんの少し灰色になっている。

用を終えた花琳の着物が、強風で吹き飛ばされてしまう。

雷牙は微動《びどう》だにせず、息をのんで変化を見つめていた。

最初は猫ほどの大きさ。それが見る見るうちに巨大化していく。

雷牙と同じ大きさになり、さらにそれを上まわった時、滑《なめ》らかだった背に、純白の翼《つばさ》が出現した。

守護聖獣の姿となった花琳は、ゆっくり翼を広げた。翼の先にも濃い色が覗いている。

「雷牙様、ぼくの背に乗ってください」

「本当に……花琳、なのか？　信じられん……」

雷牙は呆然としたように呟く。

「ぼくは花琳です。さあ、雷牙様。あの者たちに見つかってはいけません。早くぼくの背に」

花琳がそう促すと、雷牙は覚悟《かくご》を決めたように近づいてきた。

「遠慮なく乗せてもらうぞ」

雷牙は何故か怒ったような声を出し、花琳の背に跨《また》がった。

今までこんな大きな姿になれたことは一度もない。最初は雷牙に子猫だと思われたほどで……。

初めて出会った時の光景が脳裏《のうり》を掠《かす》める。

そして花琳は力強く羽ばたいた。

背に雷牙の重みを感じることが嬉しい。

風に乗り、ゆっくり旋回《せんかい》しながら谷を覆う霧の中へと入っていく。

真っ白な霧は里への結界。

いくらもしないうちに視界がきれいに晴れ、花琳は可憐《かれん》な草花が咲《さ》き乱れる野原に着地した。

「ここが王獣の里か……」

背中から下りた雷牙が呟きを漏らす。

花琳はそのそばで、するりと元の人形《ひとがた》へと戻った。

「ここが王獣の里です、雷牙様」

着物は風で飛んでしまったので、花琳は一糸まとわぬ姿をさらしていた。

結んだ紐《ひも》もなくなってしまったので、陽射《ひざ》しを浴びた長い髪が広がり、金茶色に輝《かがや》いている。

雷牙はそんな花琳をじっと見つめていた。

あまりにも強い眼差しに、自然と羞恥が湧いてくる。

だが、花琳がほんのりと頬を染めた時、雷牙の口から思わぬ問いが発せられた。

「花琳、ひとつだけ訊く」

「……はい？」

花琳は小首を傾げた。

雷牙の瞳は変わらず澄みきっているが、今は何故だかとても悲しげだ。

「さっきのはどういうことだ？　おまえは人の心を操《あやつ》る力を持っているのか？」

「え？」

あまりにも唐突《とうとつ》な問いに、花琳は思わず目を見開いた。

「おまえは最初から不思議と人の心をつかむのがうまかった。茶楼《さろう》の女将《おかみ》しかり、飢《う》えた赤《あか》ん坊《ぼう》に山羊の乳を貰ってやった時もしかり、だ。それがおまえの能力だとしたら、俺のこともうまく動かしたのか？」

雷牙の眼差《まなざ》しの中にあるのは悲しみだけではない。花琳に対する不審《ふしん》の色が混じっていた。

花琳は激しく首を振《ふ》った。

「違……」

すぐには否定することができず、ようやくそれだけ口にした時だ。

食い入るように自分を見つめていた雷牙の視線がそらされる。

「ようこそ、お出《い》でくださいました、蒼雷牙様。私は蒼花と申します。お待ちいたしておりました」

鈴《すず》を振るような声をかけてきたのは、花琳の兄、蒼花だった。

癖のない長い髪は混じり気のない黄金の輝きを放っている。ほっそりした肢体《したい》に、薄物《うすもの》の青い衣《ころも》をふわりと羽織り、銀色の帯を高い位置で締めている。髪に挿《さ》しているのは細長い髪飾りのみ。首や手にも玉《ぎょく》をあしらった飾りを帯びているが、けっして派手なものではない。

それでも蒼花の美しさは群を抜いていた。

白く精緻《せいち》に整った面《おもて》に、くっきりとした切れ長の瞳。花琳より少し薄《うす》い色の双眸《そうぼう》は、どこまでも続く空を思わせる。

蒼花の存在を確認した花琳は、ぎこちなく雷牙を見やった。

胸に鋭い痛みを感じる。

雷牙の眼差しは、美しい蒼花に釘付《くぎづ》けとなっていた。

蒼花こそが、雷牙の王獣。

それを本能的に感じ取り、魅入《みい》られているのだろう。

自分の役目はこれで終わり。この先、雷牙のそばにあるのは、美しい蒼花の役目となる。

花琳は胸を切り裂かれるような痛みを必死に堪《こら》えているしかなかった。

六

王獣の里と呼ばれる場所は、極めてのんびりとした世界だった。

天霊山の山肌《やまはだ》が間近まで迫っている。崖の上から覗いた時は、深い霧に包まれていたが、頭上に広がる空はすっきりと晴れ渡っている。

そして、世の中には苦しんでいる人が溢れているのに、ここでは年中春の風が吹いているという話だ。

蒼花と名乗る者が現れた時は、この世のものとも思えない美しさに、さすがの雷牙も驚いた。だが、今の雷牙が気になっているのは花琳のことだけだった。

それというのも、蒼花が案内に立つのと入れ替わりで、花琳が姿を消してしまったからだ。

色とりどりの小さな草花が咲き乱れる野に、可愛らしい家々がぽつりぽつりと点在している。店などはいっさいなく、里の中心にただひとつだけ、小宮殿《しょうきゅうでん》が建てられていた。

白い壁に紺色の屋根を載《の》せ、柱は鮮《あざ》やかな朱色《しゅいろ》。派手な装飾《そうしょく》はないが、優美な宮殿だった。

雷牙はそこで里人の歓迎を受けることとなった。

きれいな顔立ちの娘が何人か現れて、まずは旅の疲れを癒《い》やしてくださいと、湯殿《ゆどの》に案内される。

狭い湯屋とは違い、自然の趣《おもむき》をそのまま残した岩風呂《いわぶろ》だ。よい香りがする天然の温泉で、疲れを取る効能があるという。

ここまで来たら、腹をくくるしかないと、雷牙はゆっくりその湯に浸《つ》かった。

温泉から出ると、こざっぱりした衣装一式が用意されていた。袖《そで》をとおし、若い娘らに髪の手入れもしてもらえば、汚《よご》れきっていた雷牙も、本来の凜々《りり》しさを取り戻す。

そうして支度《したく》を整えたあと、雷牙は改めて蒼花に会った。

「雷牙様、どうぞこちらへ。酒肴《しゅこう》を用意させております。のちほど里の長《おさ》もご挨拶《あいさつ》にまいりますので」

「それはどうも、かたじけない」

雷牙は蒼花の案内に従って、用意された座に着いた。

椅子ではなく、ふわりとした敷物《しきもの》の上に直接座る。前に置かれた脚付《あしつ》きの膳《ぜん》には、きれいに盛りつけられた料理と、いい香りのする酒が載せられていた。

隣の席に着いた蒼花が、白い手で酒器を取って雷牙に酌《しゃく》をする。

「この日が来るのを、長い間待ちわびておりました」

きれいに微笑んだ蒼花に、雷牙は心ならずもどきりとなった。

宮廷《きゅうてい》に身を置いていた時は、数多くの美女に取り囲まれていた。しかし、この蒼花ほど美しい者は見たことがない。これで男だとは、到底信じられなかった。

「あなたは花琳の兄、に当たる方だそうですね」

雷牙は静かに問いかけた。花琳に対する時とは違って、物言いも自然と丁寧なものになる。

「花琳は我が弟。時を同じくして生まれた双子《ふたご》ではありますが、私のほうが兄になります」

「それで、花琳はどこに？　先ほどから姿が見えぬのですが」

　雷牙の問いに、蒼花は艶然《えんぜん》と微笑んだ。

「花琳は大役を終え、今は身体を休めております」

　雷牙は内心でため息をついた。そう言われてしまえば、花琳をこの場に呼んでくれとは頼めなくなる。

《白》軍に捕らわれた時、花琳は不思議な力を使った。それに獣の姿……守護聖獣になって雷牙を背に乗せ、この里まで飛んできたのだ。相当疲れているだろうことは容易に想像がつく。

　しかし、雷牙の胸にあったのは焦りに似た気持ちだった。

花琳には問い質《ただ》したいことが山積みしている。それに、最後に詰問《きつもん》したような形で終わったことも気になっていた。花琳を責めたのは、あくまでこちらの事情だ。花琳が悪いわけではない。

　あの時、花琳は傷ついたような顔をしていた。それを思い出すと、後悔《こうかい》の念に駆られた。

「雷牙様？　どうかされましたか？」

　そばの蒼花が楽の音のような声で訊ねてくる。

「いえ、なんでもありません。それより、俺は何も知らされずにこの里まで導かれてきました。色々と説明をしていただけるとありがたいのですが」

「そのことでしたら、ちょうど我らの里の長が参りましたので、直接お訊ねくださいませ」

　蒼花の答えに顔を上げると、真っ白な髪と真っ白な髭《ひげ》を蓄《たくわ》えた仙人《せんにん》のような老人が部屋に入ってきたところだった。白の簡素な装束を身につけた長老は、雷牙の向かいにゆったりと腰を下ろす。

「よくぞ、参られたな。蒼雷牙殿」

長老の重々しい声に、雷牙はゆっくり頭を下げた。

「お初にお目にかかります。何故かはわかりませんが、俺のことはよくご存知のようですね」

「いかにも。蒼家の第二子、いや、今は王弟《おうてい》雷牙殿とお呼びするべきですか……。あなた様のことは、早くから我らのよく知るところ。幼い頃より王太子である兄君《あにぎみ》を上まわるご器量《きりょう》の持ち主と、噂に高いお子であられましたからな」

すらすらと明かされた己の出自《しゅつじ》に、雷牙は思わず眉根を寄せた。

今の蒼王は、自分とは腹違いの兄。旅に出て以来、それは誰にも明かしたことがない。

やはり、この里の長老は不思議な力を有しているということだろう。

「それで、俺をわざわざこの里まで招いてくださったのは、なんのためでしょうか？」

雷牙はいっさいの前置きを省《はぶ》き、単刀直入《たんとうちょくにゅう》に訊ねた。

「それを今さら我に問うとは……」

長老は何故かため息交じりの声を出す。

「ここは守護聖獣の里だと聞きましたが？」

「いかにも、そのとおり」

「この里に棲《す》まう方々は、皆、花琳と同じように翼《つばさ》を持つ獣の姿に変化《へんげ》するのですか？」

「いかにも。我らは人であって、人ではない。生まれた時からふたつの異なる姿を持っている」

白髪《はくはつ》の老人は、落ち窪《くぼ》んだ目で真っ直ぐに雷牙を見据えている。だが、その双眸は花琳と同じく、蒼く澄みきっていた。

「それでは、あの伝説は本当のことだったのですか？　守護聖獣が正しき王を見出《みいだ》す。そして大いなる力を使って王を助ける。守護聖獣が王のそばにあれば、国は大いに栄えると言う」

「まあ、大筋《おおすじ》は合っておるな」

長老は鷹揚《おうよう》に頷くが、雷牙の胸には納得のいかない思いが生まれた。

「伝説が本当ならば、あなた方は何故、長い間、姿を現さなかったのですか？　王を見出し、王を助けるのが義務ならば、どうして今までそれを怠《おこた》っておられた？　あなた方が正しき王を玉座《ぎょくざ》に即《つ》けていれば、ここまで国は荒れなかったかもしれない」

雷牙が一気に言うと、長老は不快げに白い眉をひそめる。

「蒼雷牙殿、我には本心を語られよ。今の聞き捨てならぬ言葉、そなたが本当に思っておることではあるまい。それと、国が荒れたのは我らのせいではないぞ。王を玉座に即けることは、我らの義務でもない」

静かだが、腹の底まで響くような声を出され、雷牙は即座《そくざ》に謝った。

「申し訳ありません。口が過ぎました。それに仰《おお》せのとおり、国を栄えさせるのは、その国の人間であるべきです。守護聖獣に責任を押しつけるのは、筋違いというもの」

この老人を相手に駆け引きをしたところで、何も始まらない。

それで雷牙は素直に本心を明かすことにした。

「正直に言って、俺がここに招かれた理由がわかりません。俺は骨肉《こつにく》の争いに巻き込まれそうになり、課せられた義務を放棄《ほうき》して、卑怯《ひきょう》にもさっさと王宮から逃げ出した男です。それなのに、どうして俺、なのでしょうか？」

「その疑問に答える前に、ひとつそなたの勘違いを正しておこう。そなたは確かに選ばれし者だが、我らはまだ力を貸すとは言うておらぬ。この里に招いたのは、そなたに、王獣と契《ちぎ》りを交《か》わす資格があるかどうかを見極めるためじゃ。第一段階は、蒼花と同じ時に生まれた花琳が判断した。そなたが王に値《あたい》せぬ者なら、花琳もここまで案内はしてこなかったはず」

花琳の行動の謎解《なぞと》きをされたのはいいが、何かすっきりしない。胸にもやもやとした不快な気持ちが残ってしまう。

「その件についても疑問があります。花琳はどうして俺のところに現れたのですか？」

「最初にそなたを見出したのは、花琳ではなく、ここにおる蒼花じゃ」

予期せぬ言葉に、雷牙は思わず隣の蒼花を見やった。

凛とした雰囲気を放つ蒼花は、じっと雷牙を見つめ返してくる。

深い眼差《まなざ》しには、我知らずどきりとさせられる。心の奥底まで見透《みす》かされているかのような気分だ。

「蒼花は特別な力を持って生まれた。伝説になった守護聖獣、いや王獣の里とはここのことじゃ。しかし、先ほどのそなたの疑問にもあったが、王獣となれるほどの力を持つ者は滅多《めった》に生まれてこないのが現実じゃ。蒼花ほどの力を持つ者が生まれたのは、三百年ぶりになろうかの」

「三百年ぶり？　それなら、もしや伝説の雷牙王も……？」

雷牙が呻《うめ》くような声を出すと、長老は満足げに頷く。

「雷牙王を見出したのも、この里の王獣だ。そして三百年ぶりに力のある王獣として生まれた蒼花は予見《よけん》した。《蒼》の国に、王となるべき者がいると」

しかし、雷牙はまだ何やらすっきりせずに問いを重ねた。

「蒼花殿《どの》が稀有《けう》な存在だということはわかりました。しかし蒼花殿が俺を選んでくださったなら、どうしてご自身ではなく、花琳を代わりに寄こされたのですか？」

雷牙の感じるもやもやの原因はそこにあった。

花琳はこの里の蒼花、あるいは長老に命じられて、自分の前に現れた。小さな猫《ねこ》の姿だったことも含《ふく》め、すべては最初から織り込み済みの行動だったのだろう。

花琳の可愛らしさにほだされた形でここまで来た自分は、いったいなんだったのか？

いいように操られていただけなのか？

どうしてもそんな考えにとらわれて、釈然《しゃくぜん》としない。

「大いなる力を有する蒼花を、里の外へ出すわけにはいかぬ。それで力弱き花琳を迎えに行かせた。花琳はまだ成獣にもなりきっていなかったが、蒼花と魂《たましい》を共有している部分がある。花琳が成獣となるための試練にもなることゆえ、ちょうど都合がよかったのだ」

長老の答えを聞いて、胸の奥に芽生えた痼《しこ》りがますます大きくなる。

この里の者の思惑《おもわく》に踊《おど》らされた自分が、滑稽《こっけい》に思えて仕方がなかった。

しかし、ここまで来てしまった以上、今さら文句を言っても始まらないのも事実だ。

王宮内で勢力争いが激化し、雷牙は兄と弟との板挟《いたばさ》みになった。腹違いとはいえ、王位を継いだ兄とは気持ちが通じ合っていた。それに兄に取って代わろうとの野心を抱《いだ》いた弟とも、仲が悪かったわけでもなかった。

弟と弟を取り巻く者たちは、雷牙の力を当てにして、自分たちの陣営《じんえい》に取り込もうと画策した。それに対抗《たいこう》して、兄王とその側近たちも雷牙に近づいてきた。いわば自分を取り合う形で、宮中の勢力争いが激化してしまったのだ。

雷牙はこれ以上争いを大きくしないために、ひとりで王都を去るしかなかった。

己に何ができるのか、何をなせばいいのか、ずっと自問し続ける旅だった。しかし、国は想像以上に荒れており、どこへ行っても、民《たみ》の困窮《こんきゅう》する様を見せつけられた。

民を救うために、何かやれることはないのか？　雷牙は常に探していたが、個人の力ではどうしようもないことがわかっただけだ。

そして、自暴自棄《じぼうじき》になりかけていた時に、花琳と出会った。

守護聖獣の存在など信じない。信じられない。そんなふうに皮肉な考えにとらわれていたにもかかわらず、花琳は常に一途《いちず》だった。

今にして思う。勝手なようだが、国を助けるすべがあるなら、それに縋《すが》りたい。自らの力では成し得なかったことができるなら、王獣の力を貸してほしかった。

雷牙は表情を改め、真っ直ぐに長老を見据えた。

「それで、俺に何をしろと言われるのか？」

「その前に問おう。そなたには、《蒼》の国を救う確固たる意志があるか？」

口調を変えた長老に、雷牙は即座に答えた。

「あります。今まで、己ひとりの力ではどうにもならぬことと諦めていた。へたな介入《かいにゅう》はよけいに民を苦しませるだけだと、己に都合のいい言い訳をして、逃げていただけだった。しかし、民の困窮は想像していた以上にひどくなっている。それを目の当《ま》たりにして、いや、そうじゃない。逃げているだけでは駄目だと、他ならぬ花琳に教えられた。だから、あなた方が俺に力を貸してくれると言うなら、このとおりだ」

雷牙は姿勢を正し、深々と頭を下げた。

「そうか、ならば、その意志がどれほどのものか、示してもらおう」

「俺にできることがあるなら、なんなりと命じてください」

雷牙の声に答えたのは、長老ではなく蒼花だった。

「雷牙様、あなた様の存在を見出したのは私です。私の力を欲しいと願われるならば、私にすべてを差し出してくださいますか？」

「すべてを差し出す？」

訊ね返した雷牙に、蒼花は深く頷く。

「はい、すべてです。そうでなければ、私はあなた様を助けることができません」

不明瞭《ふめいりよう》な言い様に、雷牙は首を傾げた。

蒼花はそれも予測済みだったようで、ふわりとした笑みを浮かべる。

「私に何ができるのかと、お疑いですか？」

「いえ、そうではないが……」

「私には万の人間に訴えかける力があります。私の姿が十万の人の目に触れるなら、おそらくその十万の人々が私を支持してくれることでしょう。王獣の姿を取れば、山や森をただの平地に変えることもできましょう。また、人々が何かを生み出す時は、その支えとなることも可能です。たとえば天候、……天が司《つかさど》る領域ゆえ、すべてを変えることはできませんが、乾いた土地に雨を降らせるぐらいは造作《ぞうさ》もないこと。またその逆で雨雲を晴らすこともできます」

淡々と語られた内容に、雷牙は絶句した。

花琳が使った力にも驚かされたが、蒼花の言った内容は桁《けた》が違う。たったひとりで十万の精《せい》鋭《えい》軍に匹敵《ひってき》する、恐ろしいほどの力だ。蒼花はまさしく神に等しい存在なのだろう。

その蒼花が力を貸してくれるなら、どれほどのことが叶うだろうか。

導き方さえ誤らねば、《蒼》だけではなく陽珂中の国を、争いのない場所に変えられるかもしれない。

伝説にある守護聖獣の力がどんなものか、まざまざと思い知らされて、雷牙は心底震えた。

どうして自分が選ばれたのか、そんなことはどうでもよくなる。

示された絶大な力をなんとか手に入れたい。

雷牙はそれしか考えられなくなっていた。

「どうか、お願いです。その貴《とうと》いお力を我にお貸しください。そのためにすべてを差し出せとおっしゃるなら、この命でもなんでもお取りください」

「命を取るなどとは言わぬ。ただ、力のある王獣が世に出た時、何が起きるか、それだけはよくよく承知しておいてもらいたい。そのための試練じゃ。人は欲の深い生き物ゆえ、己の力では御《ぎょ》しきれぬものを求める。古き時代には、陽珂の地には常に六の王獣が揃《そろ》っておった。それが数を減らす原因となったのは、人間の欲だ。ひと口に王獣と言うが、個々の力は同じではない。強い者もいれば、さして強くない者もいた。その結果、人々はより強い王獣を己のものにしようと、争うようになってしまったのじゃ。王獣を巡る戦いが幾度《いくど》となくくり返されるようになり、天帝《てんてい》は答えを出された。そして力のある王獣は滅多に生まれてこなくなった。蒼花がいかに特別な存在か、それをとくと理解しておいてもらいたい」

静かに語った長老に続き、蒼花も口を開く。

「私はこの強大な力ゆえに、他に縁《えにし》を持ち得ません。外の世界に出たならば、雷牙様しか頼るべき人がいなくなる。ですから、私は雷牙様と契《ちぎ》りを交《か》わし、そののちは雷牙様だけに従う者となります。ゆえに、誓《ちか》っていただきたいのです。雷牙様の身も心も、すべてを私に差し出すと……。そして、その証《あかし》となる試練を受けると……」

蒼花はうっすら頬を染めながら、雷牙を見つめてきた。

蒼い瞳に、吸い込まれてしまいそうになる。花琳の可愛い姿がふと脳裏《のうり》をよぎった。それとともに、心の臓が怪《あや》しくざわめく。それでも申し出を断る理由とはならなかった。

そうすることで国を救えるなら、惜《お》しいとは思わない。

「あなたにすべてを差し出すと誓います。どうか、その試練を受けさせてください」

雷牙が真摯《しんし》に答えると、蒼花はほっとしたように息をつく。

向かいに座した長老も、胸を撫で下ろしたように穏《おだ》やかな表情になった。

「それなら、明日は一日ゆるりと休んでもらうとして、その翌日に試練を受けてもらおう」

「雷牙様、私だけではなく、里の者は皆、あなた様を歓迎《かんげい》いたしております。ささやかですが、宴《うたげ》を開きますので、今宵《こよい》はゆっくりお過ごしください」

蒼花の音楽的な声が響き、雷牙もまた口元をゆるめた。

「ありがとうございます」

花琳のことが気になったが、休んでいるというなら仕方ない。

明日にでも、また会う機会があるだろうと、雷牙は蒼花の言に従うことにした。

†

雅《みやび》な楽の音が響くなか、花琳は朱色の柱の陰からそうっと広間の様子を窺った。

板張りの部屋の奥に一段高くなった座が設けられ、雷牙がゆったり座っている。

酒杯《しゅはい》を手にした雷牙の視線は、じっと一点に注がれていた。

今、優美な舞《まい》を舞っているのは蒼花だった。白と銀の二色で作られた装束は、蒼花の美しさ、そして見事な金色の髪をいっそう際立《きわだ》たせていた。

双子の兄だけに、身体つきだけは似ている。でも、花琳の頼りなさに比べ、蒼花は嫋《たお》やかななかにも力強さを秘《ひ》めている。そして顔立ちには大きな違いがあった。

王獣の里に棲《す》む者は、総じて端整《たんせい》な顔をしている。その中でも蒼花は特別で、花琳ですら、いつも見惚《みと》れてしまうほどだ。

それに不器用な自分とは違って、蒼花は舞や歌も得意だ。蒼花ほどきれいな歌声を響かせる者はいないし、蒼花を超《こ》える舞の名手もいない。加えて、笛や琴《こと》などを奏《かな》でても、他の者の追随《ついずい》を許さないほどの腕前を持っている。

同じ兄弟として生まれながら、どうしてこれほどの差があるのか、天を恨《うら》みたくなるほどだ。

いや、今までなら、蒼花を羨《うらや》ましく思うことはあっても、これほど胸の痛みは感じなかった。

蒼花が妬《ねた》ましくてたまらないのは、雷牙の存在があるからだ。

どんなに好きになっても、これから先、自分は雷牙のそばにいることは許されない。雷牙と一緒に里を出ていくのは蒼花で、花琳はずっとこの里で暮らしていくだけだ。

王となる雷牙に相応《ふさわ》しいのは蒼花であって、自分などがそばにいても足手まといになるだけ。

それもいやというほどわかっていた。

楽の音が高まり、蒼花の舞がいっそう華やかになる。

雷牙はすっかり心を奪われたかのように、蒼花だけを見つめていた。

俺の心を操《あやつ》ったのかと、厳しく問われた時、花琳は驚きのあまり言い訳さえできなかった。

旅の途中の出来事は、単に願いを聞いてほしいと強く訴えただけだ。人を従わせるつもりなどなかった。意識して力を使ったのは、《白》軍から逃《に》げる時だけだ。しかも、あの時は成功するかどうかもわからなかった。だから、雷牙を操るなどと、そんな真似《まね》はしていない。

雷牙を好きになったのも、雷牙と身体を繋《つな》げたのも、心からそうしたいと思ったからだ。

誤解されたままでは、あまりにも悲しすぎる。せめて、自分の本当の気持ちだけでも話しておきたかった。

しかし花琳は、それと同時に恐れてもいた。雷牙に気持ちを明かしたところで、状況《じょうきょう》が変わるわけじゃない。むしろ、受け入れてもらえなかったらどうしようと、そちらのほうが怖かった。

それに気持ちが通じたとしても、あとにはつらい別れが待っているだけだ。

蒼花も里の長《おさ》も、花琳はもう雷牙に会わないほうがいいと言う。会って話をすれば、別れがつらくなるだけだと諭《さと》されたのだ。

それでも、胸の震えは止まらなかった。

雷牙様……これでもう会えなくなるなんて、いやだ……！

雷牙様……っ！

花琳は声を出さずに何度も雷牙の名前を呼んだ。

この先雷牙は王獣《おうじゅう》を……蒼花を獲得《かくとく》するための試練に挑《いど》む。長にそれとなく訊いてみたところ、その試練とは恐ろしく厳しいものだそうだ。それゆえ花琳は、別れを惜しむと同時に、雷牙が無事にその試練を切り抜けられるかどうかもひどく心配だった。

自分にも、何か手伝えることがあるなら、どんなにいいか……。

けれども、雷牙はひとりで試練を受けなければならない決まりだ。

そして、すべてが終わったあとに待ち受けているのは、永遠の別れだった。

雷牙とは、おそらくもう二度と会うことがない。そう思ったら、胸が塞《ふさ》がれたようにつらくなる。

だからこそ、今のうちに雷牙の姿を目に焼き付けておきたい。別れたあとも、雷牙の姿をいつでも思い出せるように……。

涙《なみだ》を滲《にじ》ませながら、じっと食い入るように見つめているうちに、楽の音が止《や》む。

蒼花の手首には鈴《すず》がつけられており、シャランと余韻《よいん》だけが響いていた。

花琳は今一度雷牙を見つめ、それから強くかぶりを振って、きびすを返した。いつまでも見つめていたいのは山々だが、雷牙と蒼花が仲むつまじくしている姿だけは見たくなかった。

宮殿の広間を離れ、花琳は楼台《ろうだい》に向かった。

外のひんやりした大気を直《じか》に感じて、ほっとひとつ息をつく。燈火《とうか》は落としてあったが、真円に近い月が中天にあり、あたりに青白い光が満ちていた。庭では小さな虫の音もしている。

花琳は濡れた頰を自分の手で乱暴に拭った。

その時、背後に人の気配を感じる。振り返ると、舞を終え花琳を追ってきた蒼花だった。

「花琳、悲しいのを我慢してる?」

隣に並んだ蒼花は、月光が満ちる庭を眺め下ろす体《てい》で、そっと訊ねてくる。

花琳はゆるく首を振った。

「ぼくなら大丈夫だから、心配しなくていいよ」

「でも、花琳は雷牙様のこと、好きになったんだよね?」

核心《かくしん》を突く問いに、花琳は思わずため息をついた。

蒼花には隠し事ができない。力には格段の違いがあるものの、双子の蒼花とは魂《たましい》を分け合っている。花琳が雷牙とともに旅をしていた時のことも、蒼花は薄々《うすうす》感じ取っていたのだ。

「蒼花には隠しても無駄だったよね。ぼくは……旅をしているうちに雷牙様が好きになった。雷牙様は優しくて、いつもそばにいてくれて……。でもね、蒼花。雷牙様に必要なのは蒼花だってこと、ちゃんとわかってる。雷牙様のために、力を使えるのは蒼花だけだから……」

花琳は無理やりつくった笑みを、血を分けた兄へと向けた。

蒼花は白い手を伸ばし、宥めるように花琳の髪を撫でる。

「私たちは兄弟として生まれたけれど、天はまったく違うものに作られた。花琳はずっとつらかったでしょう。でも、花琳はそれを乗り越える強さを持っている。私は花琳が兄弟でよかったと、心からそう思っているよ?」

「うん、ありがとう。蒼花にそう言ってもらえると嬉しい」

「花琳は大きな役目を果たした。私は花琳を誇りに思っている」

「うん……」

花琳は再び涙が溢れそうになって、蒼花に抱きついた。

双子の兄弟でありながら、花琳と蒼花はまったく異なる存在だ。でも花琳にとって、蒼花は一番甘えられる兄でもあった。

「雷牙様は試練を受けることを決められた」

「うん、わかってる」

「つらいだろうけど、どうか、花琳も祈っていてほしい。雷牙様が試練を無事に乗り越えて、王獣の主《あるじ》となる資格を得ることを……」

蒼花の言葉に、花琳は深く頷いた。

雷牙は《蒼》のために厳しい試練を受ける。そして力のある蒼花を得る。

今の花琳にできるのは、その雷牙の無事を祈ることだけだった。

†

翌朝――。

用意されていた衣装に着替《きが》え終わると、侍女《じじょ》役の娘《むすめ》と入れ替わりに蒼花が顔を出した。

「おはようございます。よくお眠りになれましたか？」

蒼花は水色のすっきりした衣装をまとい、相変わらず輝くように美しい。

「おはようございます。お陰さまでゆっくり休むことができました」

「それはよかったです。では、朝餉《あさげ》を召し上がっていただき、そのあと長のほうから試練のことについて話をお聞きください」

「わかりました。それで、今日は花琳に会えますか？」

雷牙がそう訊ねたとたん、蒼花は僅《わず》かに顔を曇《くも》らせる。

「申し訳ないですが、それは無理かと思います」

「まさか、花琳はどこか具合でも悪いのですか？　昨日は疲れが残っているとのことでしたが……もしかして、王獣の力を使うと、それほどまでに消耗《しょうもう》するものなのですか？」

雷牙は焦りを覚え、性急に問い質した。

「確かに力を使ったあとは消耗します。でも、あの子なら大丈夫です。あなた様を乗せて飛んだぐらいですから、使ったのはたいした力ではありませんし、今朝はもう元気にしておりましたので」

「では、挨拶《あいさつ》だけでも」

雷牙がそうたたみかけると、蒼花は心底困ったようにため息をつく。

曖昧《あいまい》な態度に、雷牙はかすかな苛立《いらだ》ちを覚えた。

「蒼花殿……、花琳は俺をここまで案内してくれた、いわば恩人だ。それに友……として、心から親しんでいた。試練を受ける決意をしたこと、おそらく花琳は誰よりも喜んでくれていると思う。ゆえに、自分の口からも花琳に伝えたいのだが」

雷牙は真摯に言葉を尽くした。しかし、蒼花はゆるく首を左右に振るだけだ。

「申し訳ありません。お気持ちは伝えておきますが……」

「どうしても、駄目なのか……？」

雷牙は我知らず眉根を寄せた。

今までずっと一緒にやってきたのに、何故こうも花琳と離れてしまったのか、納得がいかなかった。

「雷牙様、どうぞ、お察しください。あの子は雷牙様との別れがつらいのだと思います」

「別れがつらい？」

思わぬ言葉に、雷牙はひどく動揺《どうよう》を覚えた。

「あなた様は試練を受け、それを無事に終えることができれば、私と一緒に里を出ることになりましょう。花琳はこの里に残ります。そして、万が一、そんなことは起きてほしくありませんが、万が一の可能性として、あなた様がもし試練に失敗したならば、おひとりで里を出ていっていただくことになります。ですから花琳とはいずれにしても別れることになるのです」

淡々と告げられた事実に、雷牙は頭を殴《なぐ》られたような心地だった。

国のために助力を得ようと、試練を受ける決意をした。そして、目の前の蒼花に、自分のすべてを差し出すとも誓《ちか》った。

だが雷牙は、そこに隠された事柄《ことがら》があることを見落としていたのだ。

試練に成功しようと失敗しようと関係ない。運命がどちらに転んだとしても、花琳はこの里に残る。これから先の人生、自分のそばに花琳がいることはない。

それを思い知らされたのだ。

「さあ、朝餉の支度《したく》が整っております。どうぞ、ごゆっくりお召し上がりください」

蒼花のあとに続いて部屋を出た雷牙は、花琳の可愛い顔だけを思い浮かべていた。

あの花琳と別れなければならない。

そんなことが承服できようか？

そして蒼花の後ろ姿を見据え、昨夜申し渡された言葉の意味を初めて完全に理解した。

力のある蒼花を得たいなら、花琳に未練など持ってはならぬのだと……。

しかし、果たしてそんなことが本当にできるのか？　いくら国のためとはいえ、花琳を手放すことができるのか？

やはり、今一度花琳に会わねばならぬ。

雷牙はそう決意を固め、ぎりっと奥歯を嚙《か》みしめた。

†

花琳は一日中、雷牙から逃げ回っていた。蒼花が説明してくれたにもかかわらず、雷牙は人に会うごとに花琳の所在を訊ねてまわるという暴挙に出たのだ。

他の者から見れば、花琳が雷牙から逃げる理由もない。だから、誰かと顔を合わせるたびに、雷牙様が捜していたよ、と注意される始末だった。

でも、面と向かって顔を合わせる勇気はない。だから花琳は卑屈《ひくつ》にも、こそこそと雷牙から逃げ回るということをくり返していた。

しかし、それにも限界があって、夜半になり、宮殿内にある自分の居室に戻ろうとしたところを、とうとう雷牙に見つかってしまった。

「おい、花琳。やっと見つけたぞ」

いきなり背後から声をかけられて、花琳はびくりとすくみ上がった。

慌てて扉に手をかけ、室内に逃げこもうとしたが、一瞬早く腕をつかまれてしまう。

「待て、どうして逃げる？」

ぐいっと正面を向かされ、そのまま扉に押しつけられた花琳は、ますます焦りを覚えた。

雷牙のほうにはなんのわだかまりもないらしく、花琳を責めるように見据えてくる。

「ぼ、ぼくは逃げてなんか……」

「もう役目は終わった。だから、俺の顔など見たくもない。そういうことか？」

「そ、そんなことない……っ」

「じゃあ、こそこそ逃げてばかりいないで、俺とちゃんと話をしろ」

たたみかけられた花琳は、唇を噛んだ。

雷牙の顔を見ただけで、泣いてしまいそうだ。

いつものように縋りついてしまいたいが、それはもう許されない。

ぎりぎりのところで必死に堪《こら》えていたのに、こんな間近で見つめられては、大きく動揺してしまう。

離《はな》れたくない。ずっと一緒にいたい。なのに、もう雷牙のそばにはいられない。

ぐるぐる同じ気持ちばかりが頭の中を駆《か》け巡《めぐ》り、花琳はどう答えていいかもわからなかった。

「花琳、俺は怒《おこ》っているわけじゃない。ただ、おまえと話をしたいだけだ」

宥《なだ》めるように言われると、よけいに感情が高ぶってしまう。

「何も……雷牙様と話すことなんか、何もない！　だって、もうぼくの役目は終わったんだから……っ」

思わずそう叫ぶと、とたんに雷牙が不機嫌《ふきげん》そうな顔になる。

こんなひどい言い方をするつもりではなかった。けれども、そうでも言わないと、自分の心を守れない。

雷牙はもう蒼花のもの。なのに、蒼花じゃなくて、自分をそばに置いてほしいとねだってしまいそうだ。

蒼花から、雷牙が国のために試練を受ける決意をしたことを聞かされた。

試練を受けて王獣の主《あるじ》となることが決まれば、雷牙は蒼花を従えてこの里を出ていく。

里の者は一生を里の中で過ごすのが掟《おきて》だ。時折、それに逆らう者はいるが、外に出たとしても、ほんの一日かそこら。すぐに自分で戻ってくるか、連れ戻されるかだった。

花琳が雷牙と旅していたのは、それが成獣になるための試練だったから。外の世界に出ていたのは例外中の例外にすぎない。

《蒼》の都には行ったことがないが、どんなに力強く翼《つばさ》を羽ばたかせたとしても、花琳の力では何日もかかってしまう。だから、もう雷牙とは一生会えない。

「花琳、頼むから答えてくれ。おまえにとって、俺をこの里に連れてくるのは使命だった。それは理解した。しかし、俺は今でもおまえを大切な……仲間、だと思っている。だから、俺たちの関係をこんなふうに唐突《とうとつ》に終わりにするのはなしにしてくれ」

雷牙の言葉は胸に染《し》みた。必死に堪えていないと、声を上げて泣いてしまいそうだ。

「花琳、俺はおまえを可愛いと思い、だからこそおまえを抱いた。あの時は、おまえも俺を慕《した》ってくれていたと思っていたが、それは間違いか？　あれも役目のためにしたことか？」

「あれは……あの時は……、ぼくは……」

花琳は何度も胸を喘がせながら、声を絞《しぼ》り出した。

でも、本心を告げることはできない。旅している間は、雷牙と一緒にいることが楽しくて、事の重大さをあまり意識していなかった。でも、里に戻った今は違う。

雷牙は王獣を得て《蒼》の王になる。だから、本心を告げることは許されなかった。

唇を震わせていると、雷牙がふいに精悍《せいかん》な顔を近づけてくる。

「あ……っ」

温かな息を感じられるほどの距離《きょり》となって、心の臓がひときわ大きく高鳴り出す。

雷牙は花琳が逃げられないように扉に手を突《つ》いて、もう片方の手で顎《あご》をつかんだ。

そして上向かされたと同時に、噛みつくように唇を塞《ふさ》がれた。

「んっ……ぅ」

最初から舌まで挿《さ》し込まれそうになり、花琳は遅ればせながら抵抗《ていこう》を始めた。

じたばた身をよじると、雷牙は本格的に抱きすくめてくる。ぐいっと腰《こし》を引き寄せられて、口づけの角度がより深くなった。

「んんっ、う、く……っ、んぅ」

雷牙の舌が口中に滑《すべ》り込み、縦横に暴れ回る。

甘さなど欠片《かけら》もない激しい口接なのに、身体の芯から痺《しび》れるような歓喜《かんき》が湧き起こった。

雷牙に口づけられていることが嬉しくて、自分のほうからも応《こた》えてしまいそうになる。

けれども花琳はぎりぎりのところで踏み止まった。

こんな口づけを受けては、ますます別れが苦しくなるだけだ。

「んっ、……や……っ」

花琳は懸命にもがいて、ようやく雷牙の口づけから逃げ出した。

それでも雷牙は許してくれず、もう一度花琳の顎をつかみ直す。

「花琳、おまえは、この口づけも忘れられるのか？　役目が終われば、もうそれでなんの未練もないと、本気でそう思っているのか？」

雷牙の言葉は花琳の胸を切り裂くように、残酷《ざんこく》に響いた。

平気なはずがない。平気なはずがないのに……っ！

たまらなくなった花琳はどっと涙を溢れさせた。

「花琳、すまない。俺はおまえが……」

雷牙は慌てたように、濡れた頬を指で拭う。

でも一度堰《せき》を切った涙は次から次へと溢れて止まらなかった。

「許せ。おまえを泣かせるつもりではなかった。ただ、俺はおまえの本当の気持ちが知りたかっただけだ」

「ぼ、ぼくは……っ、ひっく……、ぼくは、雷牙様が……ひっく……」

花琳は嗚咽《おえつ》を上げながら訴えた。

もう我慢することなどできない。

雷牙様が好き。だから、ぼくも一緒に連れていってほしい。

そう言うつもりだったのに、肝心《かんじん》な言葉を口にする前に、邪魔《じゃま》が入ってしまう。

「そこで何をしていらっしゃるのですか、雷牙様？　どうぞ、花琳をお放しください」

声をかけてきたのは、厳しい表情を貼《は》りつかせた蒼花だった。

雷牙はゆっくり花琳から身を引いて、蒼花に向き直る。だが、花琳の腰に当てた手だけはそのまま離さなかった。

「蒼花殿《どの》」

後ろめたさに襲《おそ》われた花琳は、思わず雷牙の後ろに隠《かく》れたが、雷牙自身は落ち着いた応対をする。

「雷牙様、これ以上花琳を構うのはお止《や》めになってください。花琳は我が弟。傷つけるおつもりでしたら、たとえ雷牙様といえども、許しません」

凛と放たれた言葉に、花琳は身をすくめた。

雷牙の口づけに応えそうになった自分は、蒼花を裏切ったも同然だ。なのに、蒼花は自分を庇《かば》おうとしてくれている。

「蒼花殿。俺は別に花琳を苦しめるつもりはない。ただ花琳の本当の気持ちを聞いておこうと思っただけだ」

「本当の気持ちを聞いて、どうなさいます？　あなたは都へ戻られ、花琳はこの里に残る。そして花琳はもう二度とあなたにお目にかかることもないでしょう」

「だからこそ、花琳の気持ちを確かめたかった。このまま俺と別れていいのかと」

雷牙と兄とのやり取りを、花琳ははらはらしながら聞いているしかなかった。

「雷牙様、もうひとつ、大切なことをお忘れのようですね」

「俺が何を忘れたと言われる？」

「雷牙様は、私をお連れになるため、誓ってくださったはず。雷牙様は身も心も私に捧《ささ》げてくださる。そうおっしゃいましたよね？」

蒼花にそう念を押され、雷牙はぐっと黙り込んだ。

ふたりはその後、どちらからも口を開かない。息苦しい沈黙《ちんもく》が続くなか、花琳は胸の内でほっと息をついた。

結末は最初からわかっている。国を救うために必要なのは力のある王獣、蒼花だ。

花琳はするりと雷牙の背中から前へと抜け出した。そして血を分けた兄の前に立つ。

「蒼花、雷牙様を怒らないであげて……ぼくは大丈夫。それに、もう雷牙様には会わない」

落ち着いた声が出たことが、自分でも信じられなかった。

でも、これでいいのだ。自分さえ我慢すれば、すべてがうまく行く。

蒼花は美しく、完璧《かんぺき》な存在だ。雷牙がかまってくれたのは、自分があまりにも幼すぎたから、責任を感じただけのことだろう。

雷牙はきっと蒼花が好きになる。だって、昨夜はあんなにも熱心に見つめていた。

蒼花はきれいなだけじゃない。同じ歳だけれど、自分などよりずっと大人で、思慮深く優しくて、何よりも強大な力もある。逞しい雷牙の伴侶として、蒼花ほど相応しい人は他にいない。ふたりは本当にお似合いだと思う。

あまりにも悲しくて、かえって涙が出てこなくなった。心が冷え切って、なんの苦痛も覚えなくなる。

花琳はくるりと雷牙を振り返って、頭を下げた。

「雷牙様、今まで本当にお世話になりました。明日の試練、陰ながら応援《おうえん》させてもらいます。どうか、お気をつけて……」

それだけ言って、花琳は雷牙のそばをすり抜けた。

今度こそ扉を開き、するりと身体を滑り込ませる。そうして、後ろはもう振り返らずに、再び扉を閉め切った。

七

雷牙が試練に出かける日、宮殿前の広場には、大勢の里人が見送りに集まった。

年老いた者から若者まで、男女入り混じった里人は、すべてが花琳と同じように優美な獣の姿に転化することができる。

雷牙は黒の筒袖《つつそで》の上衣に胸当てをつけ、腰に長剣《ちょうけん》、そして背に弓と矢筒を背負っていた。黒髪をひとつに結び、額に布を当てて縛《しば》っている。

精悍さがいっそう増した姿に、宮殿の壁の陰から様子を窺《うかが》っていた花琳は胸を熱くした。

長《おさ》と蒼花が進み出て、いよいよ試練の内容が告げられる。

「雷牙殿、そなたには天霊山にて蒼花に捧げる《蒼《そう》》の花を取ってきてもらおう。麓《ふもと》までは蒼花自身が案内する。だが、その先はなんの助力もなしに、ひとりでやり遂《と》げなければならない。《蒼》の花は高い崖の途中にしか咲いておらぬ。失敗すれば谷底へ真っ逆さまに墜《お》ちてしまうだけだ。天霊山を棲《す》み処《か》とするものは、侵入者《しんにゅう》を排除《はいじょ》しにかかるだろう。それを防ぎながら進むのは至難の業《わざ》。心して挑《いど》まれよ」

里の長が重々しく告げ、雷牙は深く頷《うなず》いた。

「承知いたしました」

答える声にも淀《よど》みがない。

だが、試練の内容を聞いた花琳は、真っ青になった。

試練が厳しいものになることは承知していたが、これほどとは思わなかった。

天霊山は聖域だ。それゆえ天帝《てんてい》の意を汲《く》む者だけが棲むことを許されているという。そのような場所に入り込めば、それこそ何があるかわからない。王獣でさえ、天霊山にはおいそれと近づかないのだから。

「雷牙、様……っ」

花琳は不安で胸が押し潰《つぶ》されそうになりながら、ぎゅっと爪《つめ》が食い込む勢いで両手を握《にぎ》りしめた。

雷牙が途中で崖から落ちてしまったら、どうすればいい。崖に取りついている最中に、猛禽《もうきん》類《るい》から襲われたらどうしよう。

次から次へと恐ろしい想像が頭を巡り、背筋にも冷《ひ》や汗《あせ》が伝ってしまう。

今すぐここから飛び出していって、雷牙を止めたい。

危険な場所には行かないでと、大声で叫びたかった。

けれど、雷牙はけっしてそんな真似《まね》を許さないだろう。旅を続けていた間、雷牙は口にこそ出さなかったが、いつだって《蒼》の民《たみ》のことを憂《うれ》えていた。だからこそ、花琳が守護聖獣《せいじゅう》の名を口にした時、あっさり里を探すことに賛成してくれたのだ。雷牙のことを思えば、引き留めるなど、できはしない。

でも、もし雷牙が死んでしまったら……！

やっぱり耐《た》えられない。

花琳が無我夢中で飛び出そうとした時だった。

「皆の者、転化《てんげ》せよ。我らのあるがままの姿で、雷牙殿をお送りするのじゃ」

宮殿前の広場に、長の朗々とした声が響く。

次の瞬間、ばさばさと大きな翼の音をさせながら、里の者全員が王獣の姿に転化した。

命令を発した長も、そして花琳自身も反射的に翼を持つ獣の姿になった。

ふさふさの長毛だが、白い虎《とら》に似ている。あるいは雪白の豹《ひょう》に似ているとも言う。しかし、決定的な違いは肩に生えている翼だ。しなやかな身体は白一色で、翼の先と耳、尾の先だけが薄い灰色というのは皆、同じだった。

広場にいた数は百ほどだったが、長の声は里中に響いている。遅れて集まってくる者もいて、皆で大きな輪になって雷牙を取り囲んだ。

花琳も自然に肢《あし》を進めていた。

姿が皆同じなので、雷牙が自分に気づくことはないだろう。

しかし、何故か雷牙の視線が真っ直ぐこちらへと注がれているのを感じて、花琳はびくりとすくんだ。

じっと何かを訴えかけているかのような眼差しだ。

雷牙は自分を認識《にんしき》してくれたのだろうか？

そしてまさに、花琳の期待に応《こた》えるように、雷牙が口を開いた。

「花琳、俺がここまで来られたのは、おまえのお陰だ。礼を言う。それに試練は必ず成し遂げてみせる。その上で、おまえにもうひとつだけ伝えたいことがある。だから、俺の帰りを待っていてくれ」

皆と同じ姿なのに、雷牙の視線は花琳だけに向けられていた。

本当にわかってくれているのだと感じたとたん、花琳の胸に歓喜《かんき》が湧いた。

だが、次の瞬間、何もかもが吹き飛んでしまうように、あたりの大気がぴーんと張りつめる。

集まった者たちは、いっせいに毛を逆立てて身構えた。雷牙もはっとしたように振り返り、その気を発した者を見る。

最後に転化したのは蒼花だった。誰よりも強い気を放つのは、蒼花しかあり得ない。

皆とよく似た形でありながら、決定的な違いがある。体高は同じ。けれどしなやかな身体を覆《おお》う体毛は明らかに異なっていた。純白の輝きが際立《きわだ》ち、蒼花がそこにいるだけで、他の者の存在感が薄れる。姿の優美さも群を抜き、自然と皆の視線を集めてしまう。

そして、もうひとつの大きな違いは、翼と耳、尾の先の色合いだった。《蒼》のための王獣。だから、《蒼》の国を体現するかのように、鮮《あざ》やかな蒼《あお》に染まっているのだ。

「雷牙様、あなたが試練を終えられた時、ともに歩むことになる者の姿、とくと目に焼き付けておいてください。私はこのような者です」

涼《すず》やかな声とともに、蒼花の姿が見る見るうちに大きくなっていく。

他の者の五倍、そして十倍となっても、蒼花の優美さは露《つゆ》ほども変わらなかった。それどころか、身体が巨大《きょだい》化するにつれ、内部から放つ気の美しさ、力強さも増していく。

他の誰とも違うその輝きを、蒼花は見せつけているのだ。

そうして、自分を手に入れてみせろと、雷牙を誘《さそ》っている。

雷牙は息をのんで、蒼花を見上げていた。

誰だって魅了《みりよう》される。自分と蒼花では、比べるまでもない。まして、雷牙にとって蒼花はどれだけ大切になる存在か……。

「私がどのような者か、おわかりいただけましたか？」

「ああ、しかと見せてもらった」

雷牙がそう答えると、蒼花は満足げに息をつき、それからすうっと体躯《たいく》を縮める。

そして皆と同じ大きさまで戻《もど》り、改めて口を開いた。

「雷牙様が、ご無事で試練を終えられるように、祈《いの》っております。さあ、天霊山までお送りしましょう。どうぞ、私の背にお乗りください」

蒼花がそう促《うなが》すと、雷牙はすぐに歩を進める。決意はすでに固まっているのか、迷う素振《そぶ》りは微塵《みじん》もなかった。

蒼花の背に跨《また》がった雷牙は、鬣《たてがみ》に片手を添《そ》える。

次の瞬間、蒼花は力強く翼を広げ、大空に舞い上がった。

地上に残った花琳は、胸の痛みを堪《こら》えながら、ふたりの姿が豆粒《まめつぶ》ほどになり、やがて消えてしまうまで、じっと見つめ続けているだけだった。

†

王獣を得るための試練は、雷牙の想像などまったく及ばない、過酷《かこく》なものだった。

天霊山とはよく言ったもので、頂上は雲の遥か上で目視することもできない。

蒼花は切り立った崖の途中にある岩棚《いわだな》に雷牙を下ろし、すぐに里へと戻っていった。

《蒼》の花は、垂直に近い崖を登った先に咲いているという話だ。そこまでどれぐらい、岸壁《がんぺき》をよじ登っていかなければならないのか、予測することすらできない。下もまた同じで、谷底は藍色《あいいろ》に霞《かす》んで確認さえできなかった。

それでも雷牙はすぐに岩に取りついた。途中で下を見てしまえば、身体がすくんで滑落《かつらく》する恐れがある。だから上だけを見据え、両手と両足を使って登っていく。

宮殿前の広場で、蒼花の真の力を見せつけられた時は、身体が震えた。あれでもほんの一部なのだと思うと、さすがの雷牙も恐ろしく思ったほどだ。

しかし、その蒼花の助力を得られれば、《蒼》だけではなく、陽珂中を安寧《あんねい》に導くことが叶うかもしれない。

いや、なんとしてでも蒼花を獲得《かくとく》して、陽珂中を栄えさせねばならなかった。

この期《ご》に及んでも気になるのは花琳のことだった。しかし、今は迷いを捨ててかからねば、崖から転落するのは必至だ。

雷牙は持てる力のすべてを尽くして、じりじりと崖を登っていった。小さな岩の突起に指をかけ、僅《わず》かな出っ張りで体重を支えつつ、垂直の壁を登っていく。

時折突風が吹いて、雷牙の身体を吹き飛ばそうとする。雷牙を獲物《えもの》と思った猛禽類が、容赦《ようしゃ》なく鋭《するど》い嘴《くちばし》で襲《おそ》いかかり、岩にできた小さな穴には、毒のある蠍《さそり》や蛇《へび》も潜《ひそ》んでいた。

弓と矢を背負ってきたのはいいが、両手を使える状態ではない。長剣は役に立たないので蒼花に預け、懐《ふところ》に短刀を忍ばせている。だが、短刀といえど、へたに振《ふ》り回せば自分のほうが谷底に墜《お》ちてしまう。

だから雷牙は自分の腕《うで》一本だけで、邪魔《じゃま》をするものたちを片付けた。鋭い嘴が肌に突き刺さり、蠍と蛇の毒にもやられる。だが毒が身体中に回らぬように強く腕を縛るのがせいぜいで、持参した傷薬さえ塗る余裕がない。

それでも雷牙は諦めずに、じりじりと高度を稼いでいった。

吹きつける風が強くなり、そのうち大粒《おおつぶ》の雨が降り出した。雷牙の背にある痣と同じ形の稲妻が、天から山肌へと突き刺さり、あたりに恐ろしい雷鳴が轟く。

雨で濡《ぬ》れた岩はさらに滑《すべ》りやすくなり、体温も奪われる。頭が朦朧《もうろう》として、岩に這わせた手や突起にかけた足の感覚もなくなってくる。

だが雷牙は、最後まで諦めなかった。

もう、いつ死んでもおかしくない状態だ。王獣《おうじゅう》を得る試練は並大抵《なみたいてい》のことではなく、手を離してしまえば、どんなに楽になるかと、誘惑《ゆうわく》に駆られる。

そんな時、決まって思い浮《う》かぶのは、花琳の悲しげな顔だった。

俺が失敗して死んでしまったら、あれはきっとぼろぼろ泣くだろうな。

空気が薄く、そのうえ呼吸も苦しくて頭が朦朧としている。なのに雷牙はくすりと笑った。

そして、ふと斜《なな》め上に視線が向く。

岩棚があった。下からではどの程度の広さかわからないが、何か青いものが覗《のぞ》いている。

もう一回右腕を伸ばす。それから足場を探《さぐ》って、次は左腕。

雷牙は心の中で進むべき道を確認し、ぐうっと力を込めて身体を上に伸ばした。

と、岩の上に小さな花が咲いていた。蒼い花弁が風で揺れている。

こんな悪条件が重なった場所で、必死に花を咲かせている。その蒼く可憐《かれん》な花を見た瞬間、雷牙は花琳の輝くような笑顔《えがお》を思い出した。

あれが《蒼》の花か……。だが、蒼花より花琳に似ている……。

雷牙は再び足場を探り、とうとう《蒼》の花の咲く岩棚に到達《とうたつ》した。

人ひとりが辛《かろ》うじて両足で立てるほどの広さしかない。だが、崖に張りついていた時の苦痛を思うと、天国のような場所だ。

雷牙は腰をかがめ、慎重《しんちょう》に《蒼》の花を摘《つ》み取った。

これで使命を果たしたことになる。苦しかった試練をとうとう乗り越えたのだ。

雷牙は摘み取った花をそっと懐に仕舞《しま》った。

蒼花はあの不思議な力で、自分の姿を見ているはずだ。花を摘み取って蒼花に渡すまでが試練なので、手に入れたらその場で待っているようにと言われていた。

雷牙は岩棚に腰を下ろし、両足を空《くう》に投げ出した。

試練を終えた満足感で、体温を奪っていた風さえも、心地《ここち》よく感じる。

下方は相変わらず藍色に霞んで見えない。だが直下の谷に当たる部分に、王獣の里があるはずだ。

藍色の靄《もや》は、里を守る結界《けっかい》なのかもしれない。

崖をよじ登っている間中、花琳のことを考えていた。

そして、雷牙はひとつの決意を固めていた。

里に戻ったら、もう一度花琳と、それに蒼花や長老とも話し合いたい。

雷牙がそんなことを思った時、ふいに間近で風が起きる。

一瞬のことだったが、風の軌跡《きせき》は翼が巻き起こしたものだった。崖の途中で雷牙を襲った猛禽《もうきん》だ。

狙《ねら》いが他にあると知って、雷牙は猛禽の去った方角に視線を移した。

斜め上の方向に、岩の割れ目から伸びた枝があって、その上に小鳥が巣を作っていた。緑の葉は疎《まば》らで、巣の中には五羽ほどの雛《ひな》が茶色の頭を覗かせている。

雷牙は次の瞬間、思わず立ち上がった。

猛禽が狙っているのはあの雛たちだ。親鳥は餌《えさ》を探しに行ったのか、雛たちは守るものもなく、ピイピイ鳴いているだけだ。

あれでは完全にやられてしまう。

雷牙はほとんど無意識に、背中の弓を手にしていた。

思い浮かべたのは花琳の泣き顔だった。森の中でも一度遭遇《そうぐう》した顔だ。

雷牙が鳥を狙った時、あれは母鳥だから撃《う》たないでと、泣いて頼《たの》んできたことがあった。巣で雛がお母さんの帰りを待っているからと……。

あの時、雷牙は鳥を撃つのをやめ、今は小鳥を助けようと、猛禽に狙いを定めている。

おかしなことだと思いながら、雷牙は矢を放った。さほどの距離《きょり》でもなかったので、簡単に猛禽を追い払うことができた。天霊山は聖域ゆえ、殺生《せっしょう》はしない。翼を少し傷つけただけだ。

だが猛禽のほうにはそんな意識など働かない。自分を狙った者を目掛《めが》け、猛然《もうぜん》と襲いかかってきた。

「くそっ！」

小鳥の雛を助けたせいで、代わりに雷牙が狙われる。

猛禽の攻撃《こうげき》は執拗《しつよう》で、払っても払ってもきりがない。腕だけではとても対処することができず、雷牙は懐から短刀を取り出した。

しかし、そのせつな、大変なことが起きてしまう。

一瞬の油断だった。短刀とともに、懐に仕舞った《蒼》の花が飛び出したのだ。

「あっ！」

叫《さけ》んだ時にはもう遅《おそ》かった。折悪《あ》しく突風が吹《ふ》いて、花が空に飛ばされる。

雷牙はとっさに手を伸ばしたが、花はつかみきれなかった。

そして一瞬の油断が招いた禍《わざわい》は、もっとも過酷な罠《わな》を雷牙自身に仕掛けていたのだ。

狭い岩棚で無理な動きをしたせいで均衡《きんこう》が崩《くず》れる。

身体が空に投げ出されたのは、あっという間だった。

†

花琳は宮殿前の広場で、じりじりと朗報を待っていた。

隣《となり》には天霊山から戻《もど》り、人形《ひとがた》となった蒼花も立っている。

「蒼花、どうして戻ってきたの？　雷牙様が心配じゃないの？」

花琳は蒼花の姿を見かけたと同時に、猛然と問いつめた。

しかし蒼花は表情ひとつ変えない。

「これは雷牙様がひとりでやり遂《と》げなければならない試練ですよ？　私がついていては試練にならないでしょう？」

「でも、雷牙様がもし、崖から墜ちたらどうするの？　万一ということだってある」

「そうですね、万一ということはあるかもしれない。けれど、たとえそうなったとしても、それも含めて雷牙様の運命、ですね。でも、私は心から雷牙様の無事を祈ってますよ？」

淡々と話す蒼花に、花琳は言いようのない苛立《いらだ》ちを覚えた。

雷牙にすべてを差し出せと言っておきながら、蒼花は冷たすぎると思う。雷牙を信じているからこそのことかもしれない。それでも花琳には、理解できない言動だ。

「花琳、雷牙様が《蒼》の花を手にされるまで、まだまだ時間がかかります。中で待っていましょう」

蒼花はそう言って、宮殿内へと入っていく。

花琳は従う気にはなれず、広場に残ってひとり悶々《もんもん》としているだけだった。

しかし、それも長くは保《も》たなかった。何やら胸に不快なものが溢れ、不安が増大していくばかりだ。

大丈夫。雷牙様なら絶対にやり遂げる。

何度自分の心に言い聞かせても、不安は拭《ぬぐ》えなかった。花琳は広場をうろうろ歩き回り、それでも足りずに聖獣に転化した。翼を広げて空へ舞い上がる。里の上空をぐるぐる旋回《せんかい》していると、花琳の不安はさらに大きくなった。

もはやこれは、ただ事ではない。本気で雷牙の身に何か起きたのではないかと、悪い予感に襲われる。

「雷牙様……」

花琳はとうとう我慢《がまん》ができなくなって、天霊山に向けて飛翔《ひしょう》し始めた。

雷牙を手助けすることは許されない。だから、雷牙が危険な目に遭《あ》っていないか確認できればいい。

そうして花琳は、遠巻きにはらはらしながら、雷牙のことを見守っていた。

雷牙は危険な崖《がけ》を慎重に登っていく。途中で猛禽や他の生き物に襲われた時は、危《あや》うく飛び出しそうになったが、必死に衝動《しょうどう》を抑《おさ》えた。

自分が手を出したが最後、雷牙は試練に失敗したことになる。だから懸命に堪《こら》えたのだ。

長い時間が経って、雷牙がとうとう《蒼》の花を手にした時は、目から涙が溢れた。

これで雷牙との別れが決定的になるが、それでもやり遂げた雷牙のことが誇《ほこ》らしかった。

が、次の瞬間、花琳の首筋が今までにないほど総毛立つ。

花琳は恐怖《きょうふ》で目を見開いた。

雷牙の身体が空に投げ出されている！

花琳は無我夢中で雷牙のそばまで飛んだ。

†

崖から足を滑《すべ》らせたせつな、雷牙は覚悟《かくご》を決めていた。

王獣《おうじゅう》の力を得るため試練に挑《いど》んではみたものの、完全に失敗してしまった。これで、国を救うことができなくなるのは非常に心残りだった。それ以上に、自分の死を知った花琳がどれほど嘆《なげ》くかと思うと、胸が痛かった。

谷底に向けて落下しながら、雷牙は花琳のことだけを考え続けていた。

人は死に瀕《ひん》した瞬間に、一生分の夢を見ると言う。雷牙も同じだったようで、子猫《こねこ》の花琳を拾った時から今に至るまでの姿が、頭の中を走馬燈《そうまとう》のようにとおり抜《ぬ》けていく。可愛い顔、生真面目《きまじめ》な顔、泣いた顔、笑った顔、身体を繋げた時の淫らな顔。他の者の顔はいっさい浮かばず、すべてが花琳の顔だ。

そうか、俺はこんなにも花琳を愛《いと》しく思っていたのか。

雷牙は最後の最後になって見出《みいだ》した気持ちに、自分自身をおかしく思った。

可愛らしさに目が和み、触れ合う心地よさに、無力感にとらわれていた心を癒やされた。

花琳が純真無垢な子供だったから、抱いたことに罪悪感を覚えた。花琳の気持ちを執拗に知りたかったのも、自分を本気で好きになってほしいとの願望があるゆえだ。花琳が自分を慕《した》っていることは承知だが、それだけでは足りなかった。

使命に引きずられているだけではないのか？　雷牙の気持ちを里に向けるため、わざと慕う素振《そぶ》りをしてみせていたのではないのか？

そんな疑いを持ったのも、全部は欲望《よくぼう》のなせる業《わざ》だった。

若者が初体験の相手に惹《ひ》かれるのはよくあることだが、そんな一時的な思いは望まない。

花琳にはしっかりと、雷牙を好きだという恋情《れんじょう》を持っていてほしい。

年甲斐《としがい》もなく、花琳のすべてを手に入れたいと願ったせいだ。

しかし、それも、こんな幕切れでは、もう確かめるわけにもいかない。そして、花琳にずっとそばにいてほしいと伝えることもできなかった。

《蒼》の民《たみ》よ、許せ。王獣を得る機会をふいにした俺を許してくれ。

兄上よ、親族同士の争いから逃《に》げ出してしまった不肖《ふしょう》の弟を許してほしい。

花琳、約束を破ってすまない。俺が死んでも泣かないでくれ。

雷牙はそんなことを頭に巡らせながら、落下し続けた。

藍色《あいいろ》の靄《もや》の中に突《つ》っ込み、さらに落下が続く。そして、あとほんの少しで里の野原に叩《たた》きつけられるという瞬間――。

「雷牙様！」

悲痛な叫びとともに、どんとぶつかってきた物体があった。

反射的につかんだのは、ふさふさの鬣《たてがみ》だった。雷牙の身体はやわらかで弾力《だんりょく》のあるものにすくわれる。

「花琳！」

雷牙の激突《げきとつ》を食い止めたのは花琳だった。

花琳は雷牙を受け止めると、再び大空へ舞い上がる。

その力強さと素晴《すば》らしい速さは、以前とは比べものにならなかった。

「雷牙様、あれをつかんで！」

花琳の叫びに、雷牙はとっさに手を伸ばした。

そこへひらひらと舞い落ちてきたのは、風で飛ばされた《蒼》の花だ。

しっかり掌《てのひら》で受け止めると、花琳は嬉《うれ》しげに空を旋回する。

「やりましたね、雷牙様！」

歓喜《かんき》に満ちた声を聞きながら、雷牙の胸は温かなもので満ちていた。

†

里に戻ったふたりは、宮殿で待つ長《おさ》と蒼花の下《もと》に向かった。

花琳は遠慮《えんりょ》するつもりだったが、雷牙は一緒に来てくれと言い、人形に戻《もど》った花琳の手をしっかりと握りしめ、離さなかったのだ。

「ご無事にお戻りで何よりでした」

広間の壇上《だんじょう》には長の座だけが用意され、蒼花はその横で控《ひか》えている。冷ややかな声に、花琳はびくりとすくんだ。

蒼花は花琳が勝手に雷牙を助けたことを怒《おこ》っているのだろうか。

もしかしたら、蒼花は最後の一瞬《いっしゅん》に、自ら雷牙を助けるつもりだったのかもしれない。また蒼花なら、その力もあるだろう。

雷牙は何も置かれていない床に膝をつき、《蒼》の花を前方に差し出した。

「それは受け取れません」

蒼花の拒絶《きょぜつ》はあまりにも冷たくて、花琳までどきりとなる。

しかし、雷牙はそれも覚悟の上だったのか、落ち着いた様子だった。《蒼》の花を床に置き、深々と頭を下げる。

「与えてくださった試練、やり遂げることができず、申し訳ありません。力不足でした」

雷牙の声は淡々としているが、花琳は胸が痛くなった。

最後の最後で転落したけれど、雷牙は自分の力だけで《蒼》の花を摘《つ》み取った。なのに、失敗だと決めつけるのはひどすぎる。

「蒼花！　長！　雷牙様は立派にやり遂げた！　そうでしょう？」

花琳は我慢できずに叫んだ。しかし、雷牙はすかさず首を振る。

「花琳、もういい。失敗は失敗だ。おまえが助けてくれなければ、俺は命を落としていた」

「それは違う。蒼花はきっと雷牙様を助けてくれたはず。ぼくがよけいなことをしたんだ。途中からこっそり見張ってて、邪魔《じゃま》したのもぼくだ。だから、蒼花……お願いだから雷牙様に力を貸してあげて！」

花琳は涙を溢れさせながら頼み込んだ。

「花琳、失敗したのはおまえのせいじゃない。だから、もういいんだ」

「でも、雷牙様……っ」

雷牙にぎゅっと手を握られて、さらに涙が溢れてくる。

雷牙の力になりたかった。とっさに飛び出して助けたつもりでいたけれど、本当は邪魔しただけだった。そう思ったら、情けなさで身がすくむ。

なのに、握られた手が温かく、花琳はそれも嬉しく感じてしまう。

雷牙は隣からもう一方の手も伸ばしてきて、花琳の濡れた頬を拭う。

そして改めて長のほうを向いて、静かに口を開いた。

「蒼花殿を獲得《かくとく》することが叶わず、本当に申し訳なく思っております。ですが、ずうずうしいのを承知で、新たなお願いがございます」

「いったい何を願うと言う？」

長は表情を変えていない。だが、花琳には、長が心底がっかりしていることが感じ取れた。

そばで控えている蒼花は、きっとそれ以上に失望しているだろう。今の蒼花はぴたりと心を閉《と》ざし、双子《ふたご》の花琳といえど、窺《うかが》い知ることができない。

「どうか、花琳を伴うことをお許しください」

雷牙はそう言って、深々と頭を下げた。

花琳は驚きで目を瞠った。

……今、なんと？

もしかして聞き間違いではないかと訊ね返したかったけれど、雷牙は床に平伏《へいふく》したままだ。

「花琳を伴ってなんとなさる？　そのように勝手な願いは到底《とうてい》聞き入れられぬ」

長の冷ややかな声が響き、花琳はようやく雷牙の願いがなんだったかを知った。

それと同時に、胸の奥から歓喜が湧き上がってくる。

雷牙が自分を連れていきたいと言ってくれた。

それだけで、胸が弾《はじ》けてしまいそうなほど嬉しかった。

「力を求めてのことではありません。花琳の力は確かに蒼花殿のそれには及《およ》ばないかもしれない。しかし、花琳が充分《じゅうぶん》な力を持っていることは、命を助けられたこの身が一番よくわかっていることです。花琳を一緒に伴いたいと言ったのは、それとはまったく別の理由です」

「別の理由だと？」

「はい。俺は花琳を伴侶《はんりょ》として、そばに置きたいと思っております」

「！」

聞こえてきた言葉が信じられなかった。

どきりと大きく心の臓が跳《は》ね、すぐあとに歓喜が迫り上がってくる。

しかし、長の声はあくまで冷たかった。

「笑止《しょうし》。花琳は男体を取っている。それを伴侶だなどと、おかしなことを言う」

「おかしなことではありません。試練を受ける前に、蒼花殿は身も心も捧《ささ》げよと命じられた。それと同じことです。私は花琳を愛しく思っている。生涯《しょうがい》そばに置きたい。花琳を守り、……ただの人間である俺が言うべき言葉ではないかもしれないが、花琳を守ってやりたいと切《せつ》に願っている。そして、きっと花琳のほうも俺を支えてくれる。そう信じているだけです」

雷牙の言葉のひとつひとつが身の内に染《し》み込んでいく。

その言葉を聞けただけで、花琳は幸せだった。

「だが、花琳はこの里の者だ。そして《蒼》の王獣《おうじゅう》にはなれぬ器《うつわ》。外に伴うこと、許すわけにはいかぬ」

「どうか、お願いです」

「何度頭を下げたところで同じじゃ。許すわけにはいかぬ」

長は冷ややかにくり返すだけだった。

けれども、そんな時にふと口を挟《はさ》んできたのは蒼花だった。

「雷牙様、あなたのお気持ちはわかりましたが、これは花琳も承知のことですか？　私は弟から、まだ何も聞いておりませんが」

雷牙は思わぬ方向から奇襲《きしゅう》を受けて絶句した。そうして、改めて花琳の顔を真剣《しんけん》に覗《のぞ》き込んでくる。

「すみません。花琳の気持ちは、まだしかとは聞いておりません。だが、花琳はきっと来てくれる。そう信じている。それに、もしいやだと言っても、絶対に説得するつもりだ」

「なんと傲慢《ごうまん》な……」

蒼花は呆《あき》れたように言うが、花琳は胸のドキドキが高まっただけだ。

「花琳、俺と一緒に来てくれるか？」

雷牙が表情を改め、真摯《しんし》に問う。

かっと頬が熱くなり、目には涙が滲《にじ》んでくる。

「花琳、答えてくれ」

「雷牙……様、……ぼくなんかじゃ、雷牙様のお役に立てないのに……っ」

「おまえがいい。だから俺と一緒に来い、花琳」

傲慢な言い方が、よけいに胸を震わせる。

花琳は涙を溢れさせながら、こくりと頷《うなず》いた。

「俺と一緒に来れば、また苦労させるぞ。それでもいいか？」

「はい」

花琳はそれにもしっかりと答えた。

涙で曇《くも》った目でじっと雷牙を見つめていると、離れた場所で蒼花が大きく嘆息《たんそく》するのが聞こえた。

「雷牙様、あなたは本当に勝手な方ですね。呆れました」

「申し訳ありません」

雷牙はようやく蒼花のほうを向いて謝罪した。けれども、蒼花は再び表情を硬《かた》くして、厳しい声音《こわね》で雷牙に問いかける。

「もうひとつ、質《ただ》しておきたいことがあります。国のことはどうなさるおつもりですか？　花琳の力はあてにせぬとおっしゃった。それで《蒼》の国を立て直すことができるのですか？」

「立て直す努力をします。今はそれしか言えません」

短い言葉にこめられた、雷牙の本気が花琳にもしっかりと伝わってくる。

それでも蒼花はまだ難色を示した。

「花琳はもともと力弱き者。いくらあてにしないと言っても、いざとなれば、何もしないというわけにはいかないでしょう。でも、中途半端《ちゅうとはんぱ》な力を示せば、それは逆に、花琳を危険な状態に追い込むことになります。あなたを迎《むか》えにやった時、花琳はほとんど力が使えなかった。今の花琳は、その時に比べれば、いくらか力が増している。それゆえ、私は心配です」

蒼花の声は冷たく響いた。それでも美しい面《おもて》には花琳を案ずる色がある。

自分を思ってくれる蒼花に、花琳は胸がじわりと熱くなった。

「俺は与えられた試練に失敗した。だから、大きなことを言う資格はない。だが、これだけは断言したい。花琳は絶対に俺が守ってみせると」

雷牙の言葉に花琳は再び胸を熱く震わせた。

蒼花はゆるく首を振り、長《おさ》は呆れたようにふんと鼻を鳴らす。

そして事態を収拾《しゅうしゅう》してくれたのは、他ならぬ蒼花だった。

「長、どうか花琳がこの里を出ていくこと、お許しください」

「蒼花、そなたはそれでいいのか？　蒼雷牙はそなたの期待を裏切った男だぞ？　そのような者に大事な弟を預けてよいのか？」

蒼花は寂しげな顔で頷いた。

「長、これも天命でしょう。答えは天の知るところ。その証《あかし》が花琳の身体に出ている」

謎《なぞ》めいたことを言い出した蒼花に、花琳は首を傾げた。

長でさえ、言葉の裏に何があるか、わかっていない様子だ。

「花琳、ここでもう一度転化してみせなさい」

「はい」

蒼花に言われ、花琳は素直に立ち上がった。

そして、まとっていた着物がはらりと床《ゆか》に落ちるのと同時に、転化を始める。

現れたのは純白の被毛《ひもう》を輝《かがや》かせた獣《けもの》だ。

だが、雷牙が驚いたような声を上げる。

「花琳……その色……耳と尾と、翼の先の色が変わっているぞ」

「えっ？」

花琳も驚いて、自分の身体に目を向けた。

以前は薄《うす》い灰色だった部分が、何故か蒼く染まっている。

それは、《蒼》の王獣たる蒼花だけが持っていた色だった。

「これはまた、ずいぶんな変わりようじゃ」

「長、こうなったからには、認めるしかないでしょう」

長と蒼花は、ふたりだけで通じる話をし、頷き合っている。

花琳はまだ動揺《どうよう》が収まらず、そんなふたり、それから雷牙に、縋るような視線を送るしかなかった。

しばらくして、長が居住まいを正し、ひたと雷牙を見据える。

「蒼雷牙殿《どの》、あなた様を王と成す《蒼》の王獣をお連れになるがよろしい」

「《蒼》の王獣？」

「いかにも。天は花琳を《蒼》の王獣と認めた。被毛の色が変わったのが何よりの証。そして花琳は最初からあなた様を信頼《しんらい》し、己《おの》が主《あるじ》と定めておる。それゆえ、もはや我らに花琳を引き留める理由はない」

「本当に、それでよろしいですか？」

雷牙の問いに、長は重々しく頷いた。

「長！　ありがとう！　蒼花も、ありがとう！」

花琳は感動のあまり、再び涙をこぼした。

雷牙にそっと肩を抱き寄せられて、その嬉し涙が止まらなくなる。

「長殿、蒼花殿、花琳を連れていくことをお許しくださり、心より感謝します」

雷牙は真摯に言って、深々と頭を下げた。

雷牙から蒼花へと、涙で曇った目を向けると、精緻《せいち》に整った顔に微笑《びしょう》が浮かんでいる。

「花琳、よかったですね」

「うん、ありがとう。蒼花……」

「でも、天に認められたと言っても、花琳の力はまだまだです。だから気をつけて」

「わかった。ちゃんと気をつけるから。あまり心配しないで」

花琳の言葉に、蒼花はさらに笑みを深める。

そして思いがけないことを言い出した。

「花琳、私の力……雷牙様のためには使えなくなりました。でも、弟のおまえのためなら使えるから」

「えっ？」

「何か困ったことがあれば、私を呼んで。花琳のためなら、私はいつでも飛んでいける」

示された情けに、花琳はまた新たな涙をこぼした。

今の言葉がどれほど心強いものだったか。雷牙とともに行けることになっても、本来の自分の力が増したわけじゃない。でも蒼花は、花琳を助けるという建前で、強大な力を貸してくれると言うのだ。

もちろん、滅多《めった》なことで蒼花をあてにはしない。でも自分の後ろに蒼花がいてくれると思うだけで、本当に安心できる。

「ふたりとも、疲れたであろう。今宵《こよい》はゆっくり休むがいい。明日の夜、ふたりのために祝いの宴《うたげ》を開こう。そして、その翌日、《蒼》へ向けて出立するがいい」

「ありがとうございます」

「ありがとう、長」

声を揃《そろ》えて礼を言い、花琳は輝くような笑みを雷牙へと向けた。

†

その夜半のこと――。
花琳は雷牙の腕の中で、甘い声を上げていた。

一緒の部屋で休むのは、長や蒼花の手前もあって恥ずかしかったが、雷牙に抱かれたい気持ちのほうが上まわっていた。

寝台の上で、花琳は身体をふたつに折り、両足を高く空に投げ出す格好で、雷牙に貫《つらぬ》かれていた。

「ああっ！」

深々と突き刺さったもので、最奥《さいおう》をぐるりと掻《か》き回されて、花琳は悲鳴を上げた。

薄衣《うすぎぬ》がまだまとわりついた腕で、必死に雷牙に縋りつく。そうしていないと、歓喜《かんき》の大波にのみ込まれ、溺《おぼ》れてしまいそうだ。

雷牙は上半身こそ素肌をさらしているものの、下肢《かし》は繋《つな》がった一部を除きまだ衣《ころも》に覆《おお》われている。

そして雷牙は花琳の腿《もも》の内側を押さえ、さらにぐいっと腰を進めてきた。

「ああっ、もう、駄目……っ」

気がおかしくなってしまいそうなほどの快感に、花琳は甘い声を上げた。

雷牙は両足をかかえ込んだままで、ぎゅっと抱きしめてくる。

「花琳、もう後悔《こうかい》しても遅いぞ。この先、おまえを離してはやらん。毎日こうして抱いてやる」

「あ、うぅ……く、ふぅ」

腰を大きく揺らされるたびに、さらに深い悦楽《えつらく》にとらわれる。

何もかも雷牙が教えてくれたのだ。

こうして身も心も預けて深く繋がって、生きている喜びを分かち合う。

雷牙とこうしていられるなら、もう他には何もいらなかった。

「おまえの気持ち……俺に恋《こい》しているわけではあるまい。そう思い込んで、おまえを傷つけた。許せよ、花琳。おまえは最初から一途《いちず》に俺を慕《した》ってくれていたのに、おまえがあまりにも無邪《むじゃ》気《き》だから、疑いを持ってしまった。おまえはただ、初めての行為に酔っていただけではないかと。それに、王獣《おうじゅう》の力がどんなものかがわかってからは、おまえが使命のために俺の気持ちを操《あやつ》っていたのかもしれないと、愚《おろ》かなことを考えてしまった」

「ら、雷牙……様……っ、ぼくは、雷牙様が好き……っ、他の誰にもこんな気持ちになったこと、ないっ」

「ああ、そうだ。おまえは俺だけのもの。こんな気持ちに駆《か》られたのは、俺も初めてだ」

雷牙は狂《くる》おしく言って、また深々と花琳を抉《えぐ》る。

「ああっ……うぅ」

「花琳、おまえを愛している」

真摯《しんし》な言葉と同時に、雷牙は最奥に太いものを串刺《くしざ》しにしたまま、花琳をしっかりと抱きしめてきた。

「あ、あっ、ぼ、ぼくも……、雷牙様が……好き、っ……あぁ、あ…………っ」

身動きの取れない状態で、最奥に熱い迸《ほとばし》りを受ける。

そして花琳もほぼ同時に雷牙の腹に白濁《はくだく》を噴《ふ》き上げた。

欲望を解放しても、まだ雷牙は繋がりを解かない。ただ花琳を抱く腕の力だけはゆるめ、無理な体勢で上げさせられていた両足も元に戻された。

「花琳、これからもずっと俺のそばにいてくれ」

雷牙は甘く囁《やさ》きながら、汗で額に張りついていた髪を梳《す》き上げてくれる。

優しい触れ方をされるのが大好きだ。

「ぼくを一緒に連れていくって言ってもらった時、どんなに嬉しかったか……。だって、雷牙様は蒼花のものになることが最初から決まってて、だから苦しかった」

「許せ、花琳。俺は王獣を得るというのがどういうことなのか、何もわかっていなかった。蒼花殿にすべてを捧げると誓った時ですら、おまえだけは別物……失わずに済むものと、思い込んでいた。こんな俺だから、最後の最後で失敗したのは当然だ。天は俺にそれを気づかせるために、あの猛禽《もうきん》を遣《つか》わされたのだろうよ」

自嘲《じちょう》気味に微笑む雷牙に、花琳はゆるく首を振った。

「ぼくだって禁を犯したのは一緒です。雷牙様が心配で心配で、蒼花が様子を見に行かないなら、ぼくが行くって、夢中で飛び出してしまったもの」

「今となっては、それも天意だったのだろうと思う。だが、天に許されたからと言って、甘えるわけにはいかない。これからの道は口では言えないほど厳しいものになるぞ。それでも俺と一緒に旅を続けてくれるか？」

静かに問われ、花琳はこくりと頷いた。

「俺はおまえを守ると誓う。だから、おまえはずっとそばにいて、俺を支えてくれ」

「はい、雷牙様」

花琳ははっきりと答え、雷牙の逞しい身体に自らの腕を絡めた。

「それなら、もう一度最初からだ、花琳。今宵はおまえを心ゆくまで堪能《たんのう》させてくれ」

甘い言葉と連動するように、中の雷牙が力を盛り返していく。

貫かれたままの花琳は、敏感《びんかん》な内壁を刺激《しげき》されて、ぶるりと大きく震えた。

「あ、……んっ」

思わず淫らな吐息《といき》をこぼすと、雷牙がにやりとした笑みを浮かべる。

「まだ何もしていないのに、もう感じているのか？　少し前までは何も知らなかったくせに、ずいぶん淫らになったものだ」

わざとらしく片眉《かたまゆ》を上げてみせた雷牙に、花琳は耳まで赤くなった。

「だって、雷牙様がいけないんです。ぼくに変な声を上げさせるから」

「ずいぶんと生意気なことを言うようになったな。もう手加減する必要もなさそうだ。もっと淫らになれる方法をおまえに教えてやろう」

優しげな笑みとともに、不穏《ふおん》な言葉を聞かされ、花琳は一瞬ぎくりとなった。

「やだ、雷牙様……ぼく、そんなの……っ」

「どうした、花琳？　慌てているのか？」

「ち、違……っ、ああっ」

言い訳も何も、いきなり強く最奥を突かれ、花琳はひときわ高い声を放った。

「花琳、今度は俺の上に乗ってみろ。それで、自分から好きなように動いてみろ」

「えっ、そんな……あああっ」

次の瞬間、両手で腰をつかまれ、体勢を変えられる。

雷牙の剛直《ごうちょく》で貫かれたまま、花琳は腹の上に乗せられていた。

横たわった雷牙に跨《また》がる淫らな格好だ。しかも雷牙の逞しいものを深々と咥《くわ》えたまま。

「花琳、さあ、俺を楽しませてくれ」

雷牙はそう言ったと同時に、下から小刻みに腰を突き上げてきた。

右手が胸に伸《の》びて、つんと勃《た》った乳首も一緒に弄《いじ》られる。

「やっ、あああっ」

ひときわ強い快感に、花琳は我知らず仰《の》け反った。

そのとたん、激しく敏感な壁《かべ》が擦《こす》れ、また悦楽の波にのまれる。

「花琳、可愛いぞ」

雷牙の声を聞きながら、花琳はどこまでも翻弄《ほんろう》されていくだけだった。

八

王獣の里をあとにした花琳と雷牙は、最速の方法で《蒼》の王都へと向かった。

山を下る時は花琳が雷牙を背に乗せて運び、麓《ふもと》に着いてからは雷牙が花琳を抱《だ》いて馬を駆けさせた。ふたりとも野宿は手慣れたもので、宿に泊まれない時は抱き合って眠るだけだ。

道を急いだお陰で、王獣の里を出てから十日という驚異《きょうい》的な速さで王都に着いた。

国中が疲弊《ひへい》しているというのに、さすが王都と言うべきか、大通りには大勢の民《たみ》が行き交《か》い、馬や荷車も多く走っている。店先にもふんだんに食材が並び、売り子の声も高々と響《ひび》いていた。

花琳は物珍《ものめずら》しさで思わずきょろきょろと、あたりを見回した。

「ずいぶん活気がありますね」

「ああ、だが、活気があるのは表通りだけだろう。裏道に回れば、きっと同じことだ。まずは貧しい者たちが苦しめられる。しかし、今はとにかく先を急ごう」

「はい」

花琳が答えると、雷牙は真っ直ぐに宮城を囲む城門へと馬を駆けさせる。

到着《とうちゃく》したのは、目を瞠《みは》るほど立派な宮城だった。聳《そび》え建つ城門の前にいるだけでは、敷地《しきち》の広さは想像できない。青い瓦《かわら》を載《の》せたどっしりとした城門も、首が痛くなるほど見上げないと全貌《ぜんぼう》がつかめなかった。

雷牙が閉ざされた門の前に立つと、すかさず槍《やり》を構えた城兵が飛び出してくる。

「何者か？　ここは城門。さっさと立ち去れ。さもないと捕縛《ほばく》するぞ」

詰問《きつもん》された雷牙は、傲然《ごうぜん》と顎《あご》を上げた。

「しばらく留守にしていたせいで、俺の顔を見忘れたか？　蒼雷牙だ。早く門を開けよ」

低く声を発しただけなのに、城兵たちははっと緊張《きんちょう》の度合いを高める。

「お、王弟《おうてい》、雷牙様だ！」

「雷牙様がお戻りだ！」

口々に叫んだ城兵は、泡《あわ》を食ったように動き出す。

城門がギギギと大きなきしみを立てながら、左右に開く。

そして雷牙は黙って城門の中へと馬を進めた。

王が棲《す》まう宮殿は、広い宮城のほぼ中心に建てられていた。そこに至るまで、最初の門と同じやり取りがくり返される。雷牙があまりにもさっさと馬を進めるので、城兵の先触《さきぶ》れがまったく間に合わなかったのだ。

そして王宮殿に到着し、雷牙はひらりと馬から飛び下りた。

花琳にも両手を伸ばし、馬の背から下ろしてくれる。

物珍しさのあまり、花琳は地面に両足をついていても、まだ馬に揺られているような心地だった。

雷牙が宮殿の中に入ると、奥からばらばらと揃《そろ》いの衣装を着た男たちが飛び出してくる。

「王弟雷牙様、よくぞ、お戻りくださいました」

「王弟雷牙様、王都へのご帰還《きかん》、おめでとうございます」

集まってきた者たちは雷牙と花琳を取り囲み、がばっと大理石の床に平伏《へいふく》する。数があまりにも多すぎて、身動きができない状態だった。

「道を空けよ。陛下にお目にかかる」

雷牙は静かに命じた。

しかし、城兵とは違い、集まったのは後宮をも支配する宦官《かんがん》たちだ。雷牙の命に従う者はおらず、道を空けようともしない。

「まことに申し訳ございません。陛下は今朝ほどよりご気分が優《すぐ》れず、どなたもとおすなとのご命令にございます」

「何卒《なにとぞ》、日を改めてのご来訪をお願いいたします」

職務に忠実なだけかもしれないが、皆が判で押したような口のきき方だ。

花琳は忍び寄ってきた不快感に、そっと雷牙に身を寄せた。

その雷牙が、花琳の耳に口を寄せて、ひっそりと囁く。

「花琳、面倒《めんどう》なことはあとに回したい。この者たちのこと、頼めるか？」

花琳はこくりと頷いた。

雷牙と事前に打ち合わせていたのは、事を最速で進めるための方法だった。無用な騒ぎを起こさないために、花琳の能力をほんの少しだけ使う。そして自信を持った花琳は、鮮《あざ》やかにその力を行使した。

──雷牙様がお戻《もど》りになった。陛下にお目にかかるために奥へ進まれる。道を空けなさい。

強く願うまでもなく、宦官たちがさっと左右に分かれて、雷牙のための道を作る。

床に額《ぬか》ずいた宦官たちは恐ろしく正確に等間隔《とうかんかく》で並び、灰色の置き石のように見えた。

奥まで進んだ雷牙は、侍女《じじょ》たちも下がらせて、とうとう血を分けた兄と対面を果たす。

「陛下、ご気分が優れないとのこと、大丈夫ですか？」

《蒼》の国王は、天蓋《てんがい》から帳《とばり》を下ろした寝台で休んでいた。

しかし、実の弟が会いに来たことを知ると、すぐに覆《おお》いを開けさせる。そうして宦官に手伝わせ、ゆっくり半身を起こした。

「雷牙か……よくぞ、戻ってくれた。こっちに来て、もっとよく顔を見せてくれ」

蒼王は弱々しい声を出し、雷牙を差し招く。

雷牙から、十歳上の兄だと聞いていたが、やつれた顔はもっと年老いて見えた。

雷牙が寝台の横で膝立《ひざだ》ちになると、王はぎゅっと雷牙の両手を握《にぎ》る。

「兄上……」

雷牙は腹違いの兄を宥《なだ》めるように、頷《うなず》いていた。

「そなたが宮殿を去って以来、余は心が安まる暇《ひま》がなかった。身内同士の醜《みにく》いいがみ合いはもう沢山《たくさん》だ。《白》や《黒》とのやり取りにも疲《つか》れ果てた。そなたが朝廷《ちょうてい》に見切りをつけ、王都をあとにしてから、多くの有能な臣下が余を見捨てた。悪天候が続き、国中の民が悲鳴を上げているというのに、余は何もできぬ愚昧《ぐまい》な王だ。雷牙、余はもう疲れ果てた。どうか、助けてくれ」

声を震《ふる》わせる王に、花琳まで胸が痛くなる。

雷牙はそんな弱々しい兄を、懸命に宥めた。

「兄上、王都を離れてしまったこと、どうぞお許しください。けれど、俺はこうして戻ってきました。今は兄上を楽にして差し上げたいと望んでおります」

「おお、そなたが余を楽にしてくれるのか？」

王はやつれた顔に涙を浮かべながらも、嬉しげな声を出す。

「はい、これからは、俺が兄上に代わって重責を担《にな》います」

「そうか、そうか……。よくぞ言うてくれた。だが、今の朝廷を牛耳《ぎゅうじ》っているのは、そなたを恐れ、嫌《きら》う者たちだ。どうすればよい？」

「兄上、すべてをお任せくださるのであれば、俺に譲位《じょうい》するとの詔《みことのり》をお出しください」

重々しく告げた雷牙に、王は驚いたように目を見開いた。

「そんな簡単なことだけでよいのか？」

「はい、それだけで大丈夫です」

「しかし、重臣どもは納得しないだろう」

「兄上、どうかご心配なく。俺は天命を得ました」

「天命……？」

蒼王はぼんやりと訊ね返す。

「兄上に紹介したい者を伴っております。花琳、俺の兄に会ってくれ。そして、おまえの真の姿を兄に見せてくれ」

雷牙はそう言いながら、後方で控えていた花琳を振り返った。

王に会って王獣《おうじゅう》の姿を見せることも、最初から相談済みだ。それが一番軋轢《あつれき》を残さず譲位を進められる方法だった。

花琳は言われたとおり寝台に近づいて、王に挨拶した。

「初めてお目にかかります。私は花琳と申します。陛下、どうぞ私の真の姿をご覧ください」

静かに頭を下げ、その一瞬《いっしゅん》後、花琳は転化を開始した。

ほっそりした若者の身体が、優美な獣《けもの》の形に変わっていく。

蒼王は、声を出すことも忘れたように花琳の変化を見つめていた。

「兄上、花琳は俺を《蒼》の玉座に即《つ》くべき者として選んでくれた。わかりますね、兄上？

花琳は伝説の守護聖獣です」

「おお、これが……、これが伝説の守護聖獣か……なんと、……なんと優美な姿だ……」

蒼王は滂沱《ぼうだ》と涙を流しながら、震え声を出す。

そっと手を伸《の》ばされて、花琳は王の意を汲《く》み取って寝台に身を寄せた。

すると恭《うやうや》しく、そっと確かめるように肩《かた》のあたりに触れられる。

そして、王はさらに涙を溢《あふ》れさせた。

「そうか、伝説の守護聖獣が、雷牙を選んでくれたのか……この世に生まれて、これほどの喜びを味わえる日が来ようとは……」

「兄上、わかってくださいましたか？　これからはもう兄上が苦しまれることはない。俺が、この花琳の助けを受け、すべての国政を引き受けます。醜い争いをくり返すだけの者どもも、天意が俺にあることを知れば、譲位を納得するでしょう」

「そうだな……そうだな……」

蒼王は低く呟《つぶや》いたきりで、あとはもう何も言わなかった。

花琳は雷牙のそばに擦《す》り寄った。

するとすぐに、雷牙の大きな手が伸びて、背中のやわらかな毛を優《やさ》しく撫《な》でられる。

「花琳、おまえは俺のただひとりの伴侶《はんりょ》。これからも苦難の道が続くと思うが、ずっと俺のそばにいてくれ」

雷牙は決意を込めるように、花琳の蒼い双眸を見つめてくる。

花琳はそんな雷牙に甘えるように、優美な頭を擦《こす》りつけた。

朝廷に巣くうあくどい臣下たちを一掃《いっそう》するには、まだいくつも問題が重なっているはずだ。

それでも雷牙は真っ直ぐに進んでいくだろう。

そして、花琳はそんな雷牙を信じて、どこまでもついていくだけだ。

†

夜の帳が下りた寝台で、花琳は温もりに触れて幸せな気分を味わっていた。

雷牙の脇《わき》にぴったり顔をつけていると、これ以上ないほど安心する。

花琳はうーんと小さく息をついて、前肢《まえあし》を伸ばした。

その時、鉤爪《かぎづめ》で頬《ほお》を引っ掻《か》いてしまったらしく、雷牙が呻き声を漏らす。

「うっ、痛いぞ、花琳」

「雷牙、様?」

「寝ている時、断りもなく、むやみに転化するな。悪い癖《くせ》だぞ」

文句を言われ、花琳ははっと我に返った。

気づけば獣の姿で雷牙の腕に抱かれていた。

眠っている最中に自然と転化してしまったのだ。しかし完全に脱力している状態なので、大きさはちょうど大人の猫ほどだった。

「ごめんなさい、雷牙様。すぐ元に戻りますね」

花琳は慌てて謝ったが、雷牙はにやりと笑っただけだ。

「いいや、そのままでいい。俺はおまえのこの姿も好きだからな。ふさふさした毛をこうして撫でていると、気持ちがいい」

雷牙は言葉どおりに、優しく花琳の背中を撫で始める。

「雷牙様……好き」

あまりの心地よさで、再び睡魔《すいま》に襲われる。

伝説の守護聖獣が王の褥《しとね》でこのように無防備な姿をさらしているとは、誰も知らない。
けれども、この腕の中ならなんの警戒もなく安心していられる。
花琳は再び蒼の目を閉じて、雷牙の胸に顔を伏せた。

―― 終 ――

あとがき

こんにちは。秋山みち花です。『蒼王と純白の子猫』をお手に取っていただきまして、ありがとうございます。中華風のもふもふ物語でしたが、いかがだったでしょうか？

最初にプロットを考えた時、雷牙はもっと駄目なおじさんで、花琳のほうがしっかり者という設定でした。でもＢＬの攻め様として、駄目なおじさんというのは許されません。やはり可愛い花琳ちゃんをしっかり包み込んでもらわないとなと反省し、今のふたりが出来上がりました。ふたりののんびり旅や、雷牙が王様になったあとの話とか、もっと色々書きたかったです。ちょっと自信ないなと思っている花琳も、雷牙に日々溺愛されて、最後には蒼花に負けない活躍をすることでしょう。たまには王宮を抜け出して、またふたりで旅を楽しんでみたり？

というわけで、本書のイラストは六芦かえで先生にお願いしました。可愛い花琳ちゃんと、かっこいい雷牙様を描いていただき、ありがとうございました。

ご苦労をおかけした担当様、制作に携わっていただいた方々にも感謝いたしております。

最後になりましたが、いつも応援してくださる読者様も、本書が初めての読者様も、ここまでおつき合いいただきまして、本当にありがとうございました。ご感想などお待ちしておりますので、よろしくお願いします。

秋山みち花　拝

KADOKAWA RUBY BUNKO

蒼王《そうおう》と純白《じゅんぱく》の子猫《こねこ》

秋山《あきやま》みち花《か》

角川ルビー文庫　R 141-3　19208

平成27年6月1日　初版発行

発行者――三坂泰二
発　行――株式会社KADOKAWA
東京都千代田区富士見2-13-3
電話(03)3238-8521(カスタマーサポート)
〒102-8177
http://www.kadokawa.co.jp/
印刷所――暁印刷　製本所――BBC
装幀者――鈴木洋介

ISBN978-4-04-103113-1　C0193　定価はカバーに明記してあります。

KADOKAWA RUBY BUNKO

角川ルビー文庫

いつも「ルビー文庫」を
ご愛読いただきありがとうございます。
今回の作品はいかがでしたか?
ぜひ、ご感想をお寄せください。

〈ファンレターのあて先〉

〒102-8078 東京都千代田区富士見 1-8-19
株式会社KADOKAWA
ルビー文庫編集部気付
「秋山みち花先生」係